ひとりになること

三浦瑠麗

KADOKAWA

ひとりになること

いたづらに身をぞ捨てつる
人を思ふ
心や深き谷となるらん
和泉式部

青木賜鶴子著、渡部泰明監修『和歌文学大系53　和泉式部集／和泉式部続集』（明治書院、２０２４年）

ひとりになること　目次

一、　夫婦は何のためにあったのか

　ある日、夫が帰ってこなかった。そのタイミングはわたしよりもメディアが事前の情報リークで詳しく知っていたようで、朝、記者たちが会社前に詰めかける光景というのを初めて見たものだから吃驚《びっくり》はしたものの、やはり数時間後に身柄が拘束されたという一報をメディアの速報で知り、そうか、そういうものなのだなという受動的な感想しかなかった。

　何も分かっていない人に「分かりません」とわざわざ言わせるのがニュースの作り方なのだというのも、事実として知ってはいたが、押しかけて来た番組レポーターにマイクを向けられたことで初めて経験した。わたしは本人ではないし、夫自身が何もメディアに話すなと釘を刺されていた以上、二度、三度同じことを聞かれても同じようにしか答えようがない。沈黙は雄弁ではない。それが自分にとって不利であることは分かっていたが、拘束されている人がいる以上、部外者が口を開いて不用意に検察を刺激することは避けたかった。

むしろ、わたしは事件に一切関係していないのだから、詳しい情報があるなら知りたいのはこちらの方だった。マスコミは、事件について夫の弁護士にきちんと取材してそれを掲載することへの興味は薄かった。あとから聞いたところでは、会社の取引先など方々へ、わたしが何か関係していないかだけを聞き回ったのだという。関係していないと見るやマスコミは関心を失い、憶測を何も訂正しないまま潮が引くようにいなくなった。そして、夫には「名前」が与えられていなかった。わたしの夫であるという他には、世間に意味合いを持たない人だと考えられたのだろう。

現在進行中の裁判についての意見を述べるつもりはない。ただ、裁判が進んでいく中でわたしにもその記録を見る機会が与えられたことで、はじめて資料にあたり、法廷で争われている法的な論点が何なのかをきちんと理解することができた。逮捕前、任意聴取に応じていた彼から口頭で概要の説明を受けたときと、核となる論点はそれほど異なるものではなかったが、周辺事実の多くははじめて目にすることだった。わたしのよく知る彼の貌《かお》もあれば、知らない貌もあった。人は多面体である、と文藝春秋に当時語ったことそのままではあるのだが、二十一年間共に過ごしてきた人のことを受け止めるつもりはあっても、その時々において胸がつかえる気持ちはもちろんあった。わが国における否認事件では「人質司法」と呼ばれる先進各国で他に類を見ない長期拘留が圧倒的多数を占めるが、元夫の拘留が一年三カ月に及んだことも、これまでのわたしの人生経験ではよく分かっていなかったこの国の新たな貌だった。

かつて夫であった人についてわたしが口を開いても、どのみち公平な意見になりはしないだろう。わたしの性格からして、相手の行動、立ち居振舞いに対する期待は高いし、反対にしんみりとした同情もある。

トラブルの存在を知ったときに、何らかの「民事」トラブルであると思っていたわたしは、弁護士にちゃんと相談するようにということと、とにかく早く和解して解決してくれとしか言わなかった。だが、刑事は民事のように両者痛み分けができる問題でもない。素人のわたしが助言してどうにかなることでもなかろう。

どうにもできない以上、夫がいなくなった後に苦しんだとすれば、その結果がどうなるかではなかった。さらに言えば、自分の身に降ってきた中傷がその中心を占めるわけでもない。むしろ、長年傍らに寝ていた人がそのような意味合いを持ちうるトラブルをここ数年静かに抱えていたということの重さが、だんだんと芯に堪えるように身に染みてきたことだった。そこまで分かってあげられなかった自らの不明を恥じたというのもある。

身内に不祥事が起きるというのは、争われている結果がどう転ぶにせよ恥ずかしいことであるのは当たり前で、はじめはあまりに無防備な自分のばかさ加減に呆れてしまった。むしろ、このような事態が起きうるかもしれないということをまったく考えなかった自分の愚かしさに腹が立った。人一人が突然いなくなるというのはけっこうな影響があるもので、半年ばかりは忙しかった。その後も、舅が急に亡くなったことで葬儀や家の整理などに追われた。

少し落ち着いてきたころからだんだんと考えるようになった。自分が咄嗟《とっさ》に感じた愚かしさとは一体何だったのだろうか、と。愚かしさは、人をすぐ信じてしまう質のわたしの無防備さに向けられたものなのか。

元夫の会社の元従業員が、退職後も違法アクセスによりわたしと娘のスケジュールを入手していたことを自ら認めたのも、裁判の過程を通じてだった。気づいた時はすでに遅く、漏洩した情報により、その後半年間ありとあらゆるプライベートな場での尾行や隠し撮りが続いていた。

だが、こうした物事は全て済んだことで、一つの具体例でしかない。夫婦関係を解消するに至った核心は何かと言えば、それはやはり、はじめて見る人のように改めて夫を見たことだろう。

彼自身の起こした問題であるとはいえ、不憫だという気持ちが今に至るまで消えたことはない。二十年来の友人として見捨てるつもりもない。先日、ガリガリに痩せ細って帰ってきた姿を見た時はさすがに胸を衝かれた。とはいえ、互いに独立した個人だ。子どものようにはいかない。ましてや、男性というのはこちら女性の側からすると心情がよく分からないところがある。

それでも、元夫婦であれば説明はまるでいらないのか。そうではないだろう、という気持ち。あるいは、自分がすでに人生のなかで十分に越えてきたと思っていた崖を再び前にして立ち、これまで共に越えてくれたはずの相手をふと見たら、彼は全然別の時空にいた、というようなことだろうか。

夫婦は一心同体ではあり得ない。それを恰《あたか》もそのように見せかけ、もやい綱で結びつけることで夫婦という船は航行している。そのもやい綱が切れたときに、わたしは夫の不在の中で結婚というものの意味に向き合うことになった。

結婚についてはこれまでいろいろな所で語ってきたし、考えてきた。だがその多くは、結婚生活を通じて考えた「後付け」である。二十二歳で結婚したわたしに経験値があったわけでもなければ、深い考えもない。ただ親を見ていて、結婚というのは相手に尽くすことであり、子どもが生まれればその子に尽くすことであるという漠然とした考えはあった。そのかわり、親からの独立と自由が手にできるのだと。

若くして結婚するというのは、魔除けにもなった。面倒くさい事態に巻き込まれないこと。誤解されないこと。そう考えてみると、たしかにわたしの結婚には自衛の意味が大きかったような気がする。親に頼らず自分で奨学金を借りて留年したうえで、好きな大学院に進むこと。異性に煩わされないこと。そのときのわたしはというと、いまだ様々な後遺症を抱えていた。思春期から続く、性被害をめぐるトラウマ、そこからくるしばしば衝動的な行動。その意味で、夫はわたしにとって安全な波止場であると感じたのかもしれない。

そして二十一年が過ぎた。その間に様々な楽しみを共にし、支え支えられ、子どもを二人生んで一人を育てた。その子がわたしの人生の意味の大半を占めている。子の父親である以上、この人を選んだ後悔というものはない。わたしのことが好きなのだということに疑いはなかったし、妬み嫉みなどで足を引っ張ることもなかった。むしろ仕事を積極的に応援してくれたことを感謝している。趣味が家庭的なわたしにとって家事は苦ではなかったし、ちょっとした話し相手としてもいい人だ。親友から始まった関係は極めて平穏で爽やかなものだった。ただ、目の前に要求を抱えている人がいると、わたしはどうしてもそこに応えようとしてしまう。

わたしは人生ではじめて、親とも夫とも離れて一年以上を暮らしたのだった。途中、わたしの妹が加わっていた時期もあった。女性だけの生活というものをはじめて経験した。こういうものなのか、とわたしは思った。なんと譲り合いと思いやりに満ちていることだろう。

束縛するというのではない。もちろん世間にはつれあいを束縛する男性もたくさんいるだろう。けれども、元夫はさほど強い束縛をしなかった。会食に出ていこうが、異性と二人で飲みに行こうが自由だったし、わたしもそれを当たり前のものと思っていた。わたしも相手の行動を束縛しようとは思っていなかった。ただ、そのかわりもっと大きな前提が彼の中にあったのだということには気づかなかった。

それをわたしは、わたしの人格に対する、あるいは判断力に寄せられた人間としての信頼そのものだと解釈していたのだが、それだけではなくて彼はわたしを自分の肌身の延長線上にあるものと思っていたのだろう。信頼という価値判断も介在はしていようが、単に自分の一部である、という。わたしの愚かしさは愛情ゆえでもある。事件とは直接関係なくとも、甘やかしたことが良くなかったのかもしれないとも思った。妻を自分のものであると思い過ぎて、自分とは異なる人格をもつ人間として見られない人にしてしまったのではないか、と。

逆に、わたしは彼を自分の一部だと思っていたのか。そんなはずはなかった。むしろ男性というのはわたしにとって理解しがたい他者であり、何くれとなく満たしてあげる対象であった。自分の一部に尽くすことはしない。それこそが、別居して気づいたものの見方の違いであった。

女性だけの家庭になったとき、わたしは一つ一つ疑問に思っていたことに解が与えられた気がした。昔は、日本における家制度の残滓《ざんし》や「嫁」という古い概念が影響を与えているのだと思っていた。実際、戦中世代の舅はそのような幻想を持っていたし、彼の人生の最後の頃にはわたしが忙しくなってその期待に沿えなかったため、価値観のずれが目立つことはあった。とはいえ、同世代の、十八歳のときから同じ場所で同じ空気を吸っていた者同士の価値観がそこまでずれることは考えにくい。

アメリカ人の姑が急逝したとき、英語で書かれた手紙を遺品の中に見つけた。見つかった手箱からして、おそらく手紙を受け取った舅ではなく書いた本人が取っておくことにしたものだろう。それは若い頃の姑が結婚前に舅に宛てた手紙で、文化の違いがあるにせよ、愛情表現の不足はよくないということについて切々と諭すように書かれたものだった。舅は十分に妻を愛していたと思うが、戦中世代としてはおよそ口に出して I love you などと言ったことがあるかどうかも疑わしい。月が綺麗ですね、が精いっぱいのところだろう。

感情表現の差は、たしかに洋の東西の歴史の違いに求めることができる。より具体的には、結婚についての考え方の違いである。神を愛するように汝の妻を愛せと、半ば愛情表現を義務化するキリスト教社会と、秩序の中での役割論に結婚というものを終始させる儒教的社会の違いだと言ってもよいかもしれない。

しかし、儒教的な社会で育つにせよ、キリスト教社会で育つにせよ、共通している「役割」というものがある。それが母性である。母親というのは、自分のために何も望まない人だ。そういう誤解が神話のように存在していると思う。ふだん倹約家の姑が、老後に住みやすい家が欲しいと言い出したとき、誰も本気で受け取らないのを見て、義理の娘であったわたしは介入を申し出た。何も自分のために要求したことのない人がここまで言うというのは、これは本気にした方がいい、と。結果、彼女は眺めのいい家で幸せな老後の幾年かを過ごした。けれども、それがわたしの強引なプッシュによってはじめて実現したものであったことを折に触れて思い出すことがあった。

母の無償の愛。その鋳型に母親自身も自らをはめ込み、自縄自縛になってゆく。人間の器しだいでは、その負荷は際限なく膨らんでいってしまう。

わたしもまたその鋳型に自らをはめ込む癖があったが、実際の「母」としての役割だけでなく、与えるという行為が広く周囲にまで拡大していってしまうことがある。それは時に害をなすこともあるかもしれない。女性だけの関係に自らを置いたことで、わたしは家族の中における父権的なものへの疑いを濃くするとともに、母的なるものが内包する問題についても考えることができた。

父権的なものが男女平等の時代に成り立たないことは言うまでもない。ましてや妻の方が社会的に先に立つような場合にはなおさらである。父的な関係性は家族を固く結びつけもしない。人の面倒をあまり見ないからである。とはいっても、母的なる愛情にもどこか弊害がある。それが当たり前に強い結びつきであるだけに、相手を誤解させ、甘えさせ、色んな意味で影響を与えてしまう。踏み込み過ぎない軽さであったり、同好の者同士のゆるい繋がりであったり、というバリエーションがそこにはない。だが、わたしは子育てでゆっくり考える暇もないときでさえ、自分が自立していることを疑ったことはなかった。子どもがある程度育った後には、自由を差し出しているつもりもなかった。

言葉にしてみると当たり前のことのようであるが、わたしは自分が元夫に十分に独立した人格であると見なされていないことに気づき、愕然としたのだった。それは、わたしが女性として抗ってきた因習に満ちた社会の眼差しからさほど距離のある態度ではないように思った。同時に、自分が与えてきた寛容さであるとか愛情というものが、必ずしもその人に良いものとは限らないということに遅まきながら気づくことになった。

そこで、考えた。夫婦とは一体何のためにあったのだろうか。子どもへの愛情は明確な共通項であるとして、なぜ友人同士ではいけないのだろうか。ほんとうにわたしを妻とすることが相手にとってよいことなのだろうか。さらに、わたしはそもそも男性に何を求めているのだろう、と。

二、 母の自己犠牲という神話について

西瓜を縦に切る人がいるのだと知ったのは、ある人がそう言ったからだった。食べやすくサイコロ状にするためではない。半割にして縦に切っていった真ん中を子どもたちが取り、お母さんは端っこが好きなのと言って端から一切れ取っていたのを見て驚いたのだという。巷に溢れている話だろう。桃の実を切り分けて大きい真ん中を取り、子どもたちにいいな、いいなと言われる母親。大人になってから桃の実には大きな種子があることを知った、など。もうそんなに一般的な話だとは思わないが、母親の神話はこうして作られてきた。母親の自己犠牲にはどこかしら、しんとした感じの感動が伴う。「私、自分を犠牲にしてるのよ」とはけっして言わない彼女たちは、自らの

語り部ではない。

台所に立つ割烹着の後ろ姿や、裸電球の下、晩《おそ》い時間に繕い物を間に合わせようと針と糸を持つその人の鬢《びん》に目立つ何本かの白髪といった風景は、日本人の郷愁の中にぼんやりと泥《なず》んでいる。日本文学に数限りなく描かれてきたそうした風景を思い返すたび、わたしは、一体結婚というものを自分はどう考えていたのだろう、とぼんやりと思った。

この一年は、暇ができたために落語によく通った。人間のダメさ加減を、これでもかと詰め込んだ落語に救われていたのかもしれない。人情に触れるという意味では文楽もいいものだが、東京の国立劇場が閉じてしまったので、なかなか行けない。落語は寄席に行ってぼうっと考え事をしながら流して聴いているのも悪くないし、和蝋燭の炎が揺れる薄暗いお座敷で桂吉坊師匠の芸に見入り聴き入るもよし。談春師匠の独演会のように大箱の中の群衆の一人となり、こちらへどっと迫り押し込んでくるような緊張感のある場に身を置くもよし。落語に出てくる女に共感するというのではない。むしろ、でき過ぎた女は架空のものとして措《お》き、男のダメさを観に行くとでもいうのだろうか。男の落語家が演る女は、男の身勝手な理想形の女とも言われるが、ダメな男を掻き口説くようにして言うことを聞かせるのが妙に上手い。とてもとてもわたしにはできない。それと対照的に、女の小春志師匠が演る「お見立て」の遊女などはカラッと乾いた酷薄さがあってしびれ、娘もそれが分かるのか聴き入っていた。

あの頃の女は男を説得する形でしか何もできなかったのねえ、としみじみ談春師匠に言うと、それは本当にそうで、落語は元の台本《ほん》がそうなっているんだから俺にはどうしようもない、と言われた。別にどうにかしてほしいわけじゃない。ただ、自分が型だけをなぞってきた女の振舞いの歴史の深さを想った。

別の時には、家庭における男の存在意義とは何だと思うかを問うたら、存在意義じゃなくて、惚れたから世話をする、それが夫婦ってもんだろう、と言われた。そうなのだろうか。落語に出てくる女たちも、本当は、男のどうしようもなさをただ堪《こら》えて自らの運命として受け入れていたに過ぎないのではないか。昔の時代には、むしろ恋愛よりも見合いで嫁いでいく方が当たり前だった。惚れた仮説にはどうしても無理がある。

かつて、女たちは周りに働きかけることでしか自らを取り巻く状況を変えられなかった。女は一生懸命に男を変えようとして、あるいは子どもを望みどおりに教育しようとして、そのかわり絶え間ない労働と愛情とを差し出してきた。それは経済力がついたからといってすぐに変わる構造ではない。なぜ女は我慢を重ね、なおかつ懲りもせず望みどおりにならない男に働きかけようとするのだろう。男と女は、なぜかくも違うのか。

女が望むものは、ひょっとすると男が望むものより深く果てしないのかもしれない。周りに礼儀正しい立派な人格の人間になってもらいたい、愛情深い人でいてほしい、賢く思いやり深い子どもに育ってほしい。女は身の回りをせっせと整え、居心地のよい家庭を保とうとする。長年にわたり努力を重ねると、そういう生き方がもう身に染みついてしまう。

同時に、男にとって「どうだっていい」とされるものの数々は、実はそんなに完全にどうでもいいというわけではない。女ほどに、住み心地や食事のあれこれ、清潔さに対するこだわりはないかもしれないが、ちゃっかりと快適さを享受し満足しているのは見れば分かるからだ。だが、男と女では求めるものの広さも深さも異なるので、女のおままごととも見える努力は四方八方に行きわたり、挙句の果てに受け止める先を失ってどしんと落下する。その自己嫌悪をなだめて落ち着かせるのも男の役割ならば、それはそれで上手くいく夫婦の形なのだろう。

逆説的に、現代における夫婦というのは、持て余す時間があり過ぎてかえって難しいのかもしれないと思う。少し前の時代の男性といえば、ちょっとした大工仕事が普通にできたし、家や庭や塀などの維持にはそこそこ男性の労力を必要とした。しかし、核家族化が進み、都会化と機械化が進むと、共同作業の領域は減っていってしまう。週末は田舎に住んでいたから分かることだが、庭の木を切ったり草を刈ったり薪を小さく割ったりする仕事があればあるほど、夫婦仲というのは悪くなくなるものだ。キャンピングなどアウトドアでもいい。男が活躍する場をあえて設けなければ、彼らは現代の家庭に居場所がない。都会の狭い空間にただ一緒にいる、というだけでは、資本主義的な消費しかすることがなく、共有するプロジェクトが少な過ぎる。ずっとサラリーマンとして忙しく働いていた人が定年を迎えた後の生活ぶりの難しさは、猶更《なおさら》だと思う。

昔はもっと、生きていくだけで大変だっただろう。今ほどに便利な機械もなかったし、朝お米を研いで浸水させて炊き、野菜の泥を洗い、刻んでおみおつけにするのも、糠床をひっくり返すのも、神棚と仏壇に御飯《おっぱん》を上げてから御膳を用意して、人数分の朝餉《あさげ》の準備を整えるのも大変なことだった。外で働く女性も必死に託児所と職場を往復し、洗濯をして子どもの弁当を作り夕飯を用意するだけで日々が明け暮れていた。紙おむつや洗濯機や食洗機、インターネットが救ってくれたものは大きい。また多くの家が子だくさんでもあった。

昔は、男も女もただ生きていくだけで日が明け暮れ、とても人生に惑う余裕などなかったのではなかろうか。他所様の人生がどうなっているかなど、せいぜい向こう隣り何軒分かしか分からなかったろうし、SNSもなく、他人と比べる暇さえ与えられなかった。それに、結婚というのは僅か一世紀ほど前までは一定の資産があったり稼げたりする者だけができる特権だったわけだから、結婚した人、すなわち、何か「守るべきもの」を持つ人だったわけである。働くこと、頑張り続けることは、今あるものを守るために必要なこと。きっと、それ以上は求めても得られない事どもがあることへの諒解と背中合わせだったのだと思う。

二十一年間の結婚生活を終えて感じることは、結婚はたしかに自己犠牲を伴ったが、けっして悪いものではなかったということだ。わたしが間違っていた点があるとすれば、むしろ与え続けることで他人に影響を及ぼし、他者を変えようと考えたことかもしれない。与えた人、頑張った人はその経験から失うものはない。しかし、与え続けたからといって相手がそれで人生に満足するとは限らないし、相手にとって自分がまるでその人の一部のように境界が不分明になるのも困る。

家族に危機が訪れたとき、降ってきた深刻な事象をただ受け止め頑張ることの他に、わたしは咄嗟の立ち居振舞い方を知らなかった。根が江戸っ子的である所為《せい》だろうか。ただ、気風だけでは済まないこともある。それが男と女のあいだに横たわる深い海溝である。

わたしは彼を甘やかしたのだろう。それは、慈しみ諭せば人は変わる、変えられるという期待を伴うものであった。しかし、他者はあくまでも他者に過ぎない。子どもさえ思うようにはならないのだから、独立した人格に対しては本来、友人としての距離を保ちながら助言をし、誠意を示すことしかできないのだった。夫婦の破綻に一方的な非というものはない。他者は常に在るように在るのでしかないからだ。

海溝を見てしまったからといって、さほど毎日の行動が変わるわけではない。夫が居なくなった後の癒しはむしろ、母として立ち働くことにあった。母の日は、軽井沢で娘と共に棘だらけの蔓と藪を鍬で掘り起こし、草刈りをしながら背中や太腿が筋肉痛になるまで庭仕事をした。高原ならではの気候の、涼しげによく晴れた日であった。そのあと、疲れた身体に沁みるような蜂蜜入りの檸檬水を作って休憩した。母子二人の労働が心を明るくした。

母であるというのは、目覚めてその日一日を相も変わらず生きようとすることであり、生きさせようとすること。赤子は放っておいたら死んでしまう。成長期の子どもにはたくさん食べさせなければいけない。それを誰かが日々弛みなく繰り返してきたから、わたしたちはこの世に生きている。

母親の無償の愛、妻の自己犠牲の神話ゆえに、かえって自分にはできないと思って結婚や子育てから遠ざかる人は出てくるだろう。現に結婚数は減っている。けれども、その努力は別に神がかったものではない。限られた選択肢、与えられた状況の中で、その母親がその人なりに頑張り続けたということでしかない。

母に感謝するというのは、感情と労働の双方において受けた負債を意識することである。先日、娘がふと「ママがいたから、ママが育ててくれたから私は生きてきた」と言った。その言葉がじんと重たかった。無償の労苦を受け取ったことに対して子どもができることは、自分の子どもに同じものを与えることのみである。それでも、先日の庭仕事のように母子が同じ目線で並び、立ち働いてみることが贈与と負債のやり取りを和らげ、癒してくれることがある。そうして引き継がれる献身は終わりの見えない螺旋階段のようで、常に先へ先へと受け渡されるからこそ、絶えることがない。

反対に、向かい合う男と女のあいだにはいつも海溝が開いている。過ぎ去った時間がそこに溜まっていく。庇おうとしたことも、救えなかったことも、自分の理解を超えていた事どもも、別れようと留まろうと全て終末においては面影でしかない。過去は帰ってこない。ゆえに美しく哀しい。わたしたちはそうやって常に期待を胸に、他者と邂逅《かいこう》するのである。

三、 男を巣立たせるということ

わたしは昔から「ひとり」だった。一緒にいるあいだにそのことを理解できた男性は少ない。それはきっと相手の洞察力の問題というより、わたし自身の所為でもあるのだろう。女の母性が強ければ強いほど、自我が奥底に頑固に仕舞われて在ることが外見《そとみ》には分からないからである。人生で傷ついたのは、いつも外傷ではなく内面的な傷だった。それを誰かが救うことはできないし、わたしから人格を奪うこともできない。そのようにして、長い年月をかけて自ら生きようとし、立ち直ってきた。そんなわたしにとって、一方的に自らの一部であると見なされるのは愛した夫だった人だとしても馴染めないことだった。

結婚が恋愛よりも怖いのは、誓いで交わした約束の言《ことば》の重さなどではなくて、堆積した時間とそこに落としてきた自分の人生が重た過ぎるため。恋愛ならば相手に真正面からぶつかってもよいが、婚姻となると全てを賭けてぶつかることがなかなかできない。だから、過去に子どもが大きくなったら婚姻関係を解消しようかと軽い気持ちで話し合ったことはあったが、こうして向き合わなければ、到底離婚にまで辿り着かなかっただろう。

長きにわたり関係性を築いてきた夫婦の離別は、時間の蓄積ゆえに重たい。つい半身をずらし、その重たさから逃れたい衝動に襲われる。海の底を見下ろしつつ、そこにあるものを見つめる。踵《きびす》を返して立ち去りたいような、立ち去りたくないような。そこに、すでに諦めが揺蕩《たゆた》っている。一瞬一瞬を生きているあいだは、時は美しく見える。けれども、死んで塊となった時は常に過去であり、その思い出がたとえ喜びであろうとも、生きていることへの悲しみを誘う。それが憂鬱のもとなのだろう。何かを求めて新しい所へ踏み出すよりも、意に添わないしんどい時間をやり過ごしてしまう方が楽なのだ。

結婚したのもはじめてなら、離婚したのもはじめてだった。離婚しなければ伝えられない言葉の数々があったと思う。献身という行為は、一見して尽くす方が大変に思えるが、寧ろ止めるのが難しいということも分かった。喧嘩し、もう二度と子どもにも会わせない、というような別れならば分かりやすいだろう。しかし、離婚後も相手を友人として思い遣り、父親としての全き権利を損なわないようにするにはもう少しの工夫と努力が必要である。そのような離別は、ある意味においては子どもを巣立たせる行為に似ているのではないかと思った。

男を巣立たせる、そのことをわたしは「卒業」と呼んだ。こうした形の離婚に卒業という言葉を当てはめようと主張したのは、偶然にも同じ時期に離婚を決めた、仕事で得た友人だった。普段から頑張り屋で侠気《おとこぎ》のある彼女が、今後の人生においても自らに忠実に生きていくであろうことをわたしは疑わない。その人は子どもをしっかり頼もしい人に育て上げたのち、一線を引くことで、つれあいへの不満に終始する人生ではなく自らに真摯に生きる道を選んだ。

夫婦というのは、多かれ少なかれ誤解の上に成り立っている。そこを敢えて突き詰めない方が上手くいくからである。例えば、姑が果たしてどれほど満足して生活していたのか、今でも分からない。縁を得た当初は、自分は祖国アメリカにある母の墓の近くに眠りたいから、そこはあなたによろしく頼むと度々念を押されたものだ。子どもたちはどうしても自分がこうしたい、という気持ちがあるものだが、血の繋がらないわたしだからこそ、最後まで故人の遺志が通るよう見届けてくれるだろう、という理由で。それでも、亡くなる前にはもう面倒だと言い、東京にある菩提寺の禅寺で構わないとした。その墓には、彼女がかつてお産で亡くした娘がひとり眠っているが、それだけを理由に、彼女は墓について得心したのであった。

突然の訃報を聞いて駆けつけた時、妻に先立たれた舅は独りぽつねんと葬儀社の座敷に座り、通夜をしていた。自らに添うて長年異国の地に暮らし、終いには文字通り日本に骨を埋めることになった、妻の殊勝さ、健気さ。そうした理解でもって、彼はつれあいの決断をセンチメンタルに解釈していた。己に引き摺られた他者の運命をそうやって感傷的に捉えられる程度にまで、夫は妻を同化していた。それはやはりある種の愛の仕草なのだろう。傍目にも仲睦まじい夫婦ではあった。

しかし、墓のことは本当に面倒臭くなっただけかもしれない、とわたしは思った。六十代で突然逝った彼女は、自分が先立つことを予め知らなかったであろう。それでも、夫を変えようとする自らの働きかけは徒労であることを彼女は悟っていたのではないか。国際結婚故ではない。極言すれば、そもそもすべてのことははじめから徒労である。徒労を悟ったからといって生きるのをやめるわけにもいかない。それに、女自身も、自分が何を求めているか分かっていないのかもしれないのだった。

家庭における男の存在意義について、わたしが先《せん》に落語家の師匠に問うたのは、現代における夫婦《めおと》論についての文脈であった。万が一、つれあいがいなくなれば、男は所在ないだろう。なぜ、その不安を感じて変わろうとしないのだろうと訝《いぶか》った。先立たれずとも、それぞれが長い老後の入り口に立った時、別々に生きる道がないでもない。つれあいの献身を当たり前のように受け取り、そのかわり稼ぎを入れる。それが成り立っていた昭和のサラリーマン全盛期ならばまだいいだろう。女には結婚よりほかにあまりいい選択肢がなく、娘たちは中流家庭で暮らす道筋から足を踏み外さないことが大事だとされた。いまの時代は女にも他の選択肢がある。

仮に、女が日々していることを全て赤の他人に頼もうと思えば大変だ。住み込みの奉公人など廃れて久しいうえ、通いにしても労働条件を定めて雇い、辞められないよう気兼ねしながら教育するだけでどれだけの労力が必要か、考えてみれば気が遠くなる。だからこそ、そういった面倒なことを全て会社にやってもらい、技能のある人を派遣してもらう外注サービスは価格が高く設定されている。ケア労働というのはもともと労働者にとって報酬が高い職種ではない。大変な仕事でなり手が限られていることもあり、適当な人は得難い。仕事の質を問えば猶更のこと、細かいところまでよく行き届く人、大切な人や物を任せられる人、心根の優しい人は値千金の人材である。

家業をもつ女将さんという立場ではなくとも、ほとんどの場合、家庭は妻が回している。細々としたことにまで気の付く男性は少ないし、多くは神経質でもないだろうから、まるで妻に任せっきりにしてしまい、結果として自分の裁量や居場所がちいさくなることに無頓着である。さすがにわたしの世代には少ないだろうが、妻が入院などすれば生活できない男性というのが年長の世代にはいる。ちょっと吃驚《びっくり》する話だが、夫の食事をどうしよう、物の在り処も分からないのにと、自分が入院するのを躊躇《ためら》う女性がいるのだという。そもそも必要な物の在り処を自分で把握しようとしない男性というのは、日常生活の自己決定権を放棄してしまっている、誠に生きづらい存在なのではないかと思うのだけれども。価値観や生活スタイルが昔のまま歳を取った妻帯者が、急に単身になって暮らしたりすると、往々にして行き詰まる。そうした、居なくなってはじめて分かる「主婦」という存在のありがたみは、わたしも独立や結婚と、とりわけ子育てで味わった。

母がどれだけのことを毎日してくれていたのか、子どもを産んではじめてそれが分かるようになった。まして手をかけて五人も育て上げるというのは尋常ならざる苦労だったろう。ケア労働のしんどい部分は、相手の事情に寄り添わねばならないところである。外で働く人間は仕事に優先順位をつけなければやっていかれない。何年か働いて仕事に慣れれば裁量も与えられる。家族のためにのみ働く女は、相手の細々とした要求が次々降ってくるのに対して、必ずしも自分主導できっかりと優先順位をつけられず、そのためにあっちへもこっちへも仕掛かりが増え、休む暇がない。赤ん坊やちいさな子どもの要求は果てしない。病人の世話もそうであろう。これは相当な辛抱ができる人でないと務まらない。

わたしが子どもの時分に風邪を引いて熱を出した時などには、足の裏をずっと揉んでくれ、うとうとして目覚め、少し楽になるとりんごのすりおろしを作ってくれた。居間から続く畳の部屋の襖を開け放して横になり、母が台所で立てる音を聞くとはなしに聞いている。ああ、ほうれん草の根っこの泥を丁寧に水で落として洗っているのだなと思ったり、煮干しの出汁をひくほんのりと甘く香ばしい匂いで夕刻が近いことを知ったりする。自由の利かない病人に寄り添うことがどれだけの時間を費やし、また配慮を必要とするのか。その場その場は感謝しても、治るとすっかり忘れている。

いま、わたしは娘と五年ぶりくらいに密に接している。学校から帰ってくるときにどんなおやつを用意するか。ほぼ毎日考える。りんごを煮たのであったり、フルーツケーキであったり、冷やし汁粉であったり。ときどき、フライパンで両面を焼いた生地にバターと砂糖をまぶしたクレープを作ったりすると、ただいま、と言ってその匂いを嗅いだだけで思わず笑みがこぼれているからこちらは嬉しい。反対に娘が、生憎クリスマスイブにインフルエンザにかかってしまったわたしの足を揉んでくれたこともあった。スーパーで一緒に買い物をした後、坂に差し掛かると重い荷物を代わって持とうとするその思いやりなどに、ときどきふと涙することがある。もちろん子どもは自分の欲望が先立つものだ。しかし、わたしのやり方をよく見ていて、ちいさいながらに我欲を戒め、それを懸命になぞろうとしているのである。

人生に五年、十年がむしゃらに働く時期があってもよいが、ある意味ではそれが落ち着いてよかったとさえ思う。娘と時間を過ごしながら、少し早めに人生の第三の時期について考えることができたからである。学業を修め、社会に参画していく時代。キャリアを築きながら忙しく働き、子どもを育てる時代、子どもが巣立った後に軽くなった責任のもと、より自由に生きる時代。身終《みじま》いの時代。

親子はいずれ双方が子離れ、親離れを経て、母子密着を卒業する。しかし、母にしてもらったこと、受け取ったものの数々は決して無駄にならずに豊かな記憶として心に残り、次世代へと受け継がれる。遠くに自分のことを案じてくれる母がいると思うだけで、仮に異国の地にあっても安心して頑張れるだろう。帰る場所があるからだ。反対に、男と女は夫婦を「卒業」しない限り、永遠に与える人と受け取る人の構図は変わらないまま。巣立って行かないからこそ、相互の依存関係から抜け出ることもない。

家庭内における男性の存在意義とは何かについて、口幅ったくも他所のご家庭に立ち入って尋ねたわたしは、どこか自己防御の本能からそう言ってみたかったのだろう。女は一体何を欲望して生きているのか、という自問。自分が尽くしたいからやっているだけなのか。自らの本音がどこにあるのかを訝しく思いつつ、物事を看ているからこそ、男というものは一体に女の献身をどう解釈し受け取っているのかが聞きたかった。

　とはいえ、男の答え方にも様々あろうし、「オレに惚れたから」は流石に言い過ぎでも、「家族ってそういうもんだろう」とざっくりと寄り切るような見解辺りがどうも定説になりそうである。その内心はこうかもしれない。「お前がオレを選んだんだから最後まで面倒を看ろよ」。そこで、女の言い分としては、「だったら私の言うことを聞いてよ」になるわけだが、管見《かんけん》の限り、こういうことを言う男が女の言うことを素直に聞いたためしはあまりない。

　これまで、わたしは与えるという行為自体にあまり疑問を抱いたことがなかった。自分で進んでしていることでもあり、能力のある人間がより多くの負荷を担うことは寧ろ当たり前だと思っていた。今でも、少なからずそう思っている。けれども、もしつれあいが「他者」でないのならば、わたしがやっていることは、その一心同体の生物の手足の部分ということになってしまう。手がその身体が纏《まと》う衣服を洗い、自分の口に食べさせ、足が歩いて身体の休む場所を掃除する。手を怪我した時、頭や口はその痛みに対してわざわざ手に詫びはしない。そういうことだ。だとすれば女は服の縁取《ヘムライン》に過ぎない。

いくら何でもそれは無理だろう、と思った。自分の自由な選択の結果としての献身、その前提がいつのまにか損なわれていることに気づいたのだった。悪気はなく、単に深く考えていないのかもしれない。そういう風に物事を見ていない、ただそれだけなのである。男に対して「母親」をやるべきではない、というのはよく指摘されることだが、自戒の念を込めていえば、やはりその通りである。過去の問題は措いてこれから先の生き方を考えた時、自立したひとり対ひとりの関係性として、友情や親子関係の再定義を図らなければいけないだろうとも思った。ちょうど娘もティーンエイジャーの仲間入りをしたのだから。

雁《かり》が飛んでいく光景を目にすることがあるだろう。その雁行の先頭を飛ぶ鳥は実は一羽ではなく、交代するのだという。先頭を飛ぶ際に失われるエネルギーがあまりに大きく、一羽では体力が到底持たないからだ。本来、家族もそのようで在らねばしんどいだろうと思う。個人の実感としては、家族の先頭を切り表に立ち、家の中でも働きながら皆を支えていたのはわたしだった。けれども、彼は彼でまた特殊な業界に偶然身を置き、別種のストレスに晒され、その消耗するエネルギーを恰も家族のために失っているかのように思い込んでいたのかもしれない。人間はいつも、大切なものを守ろうとして握り潰してしまう。その悲しみは深いものだろう。それを想うだけでわたしもまた悲しみに沈む。それでも、わたしはひとりで生きることを選ぶしかなかったのだった。

与えたい人であるというわたしの本質は変わらない。ただ、ひとりの人間で在り続けるためには、男もまたいつかは自立させ、巣立たせなければならない。それは相手に母性からの自由を与えるということでもある。婚姻に纏《まつ》わる人びとの悩みは無数にある。離婚を選ぶ人もいれば別居婚を選ぶ人もいようし、同居しながら少しずつ関係性を修正しようとする人もいるだろう。正解はない。人生の幸せの多くは取り立ててどうということのない部分にある。要は、どんな徒労をしたいかということに尽きるのである。

四、分かり合うことはできないのに

女は不可解である、といわれる。こちらから見れば男も不可解である。不可解とは、論理に遵《したが》って読み解くことができないということ。最近でこそ、そんなことを述べにくい雰囲気も出てきたが、いまだに真正面から「女は非論理的だ」と断じる人もいる。

しかし、そもそも人間の論理というのはそんなにたしかなものなのだろうか。共有された定式的な表現方法を通じて、何となく分かり合っているかのように思い込んでいるだけではないだろうか。そこを疑うところから始めないと、男と女が互いに一歩ずつ歩み寄ることはできない。

通常、論理と感性は、相互に補完し合って存在するのであって、そのどちらかだけでよいということにはならない。論理的思考は物事を抽象化する能力を必要とするけれども、それは常に何かを捨象することで成り立つため、事象を説明しきることは決してないし、論理だけで人間の考えが成り立っているわけでもない。論理的な正しさというのは、いくつかの前提を受け入れたうえで、様々な条件を積み重ねた限定的なものでしかないからだ。それに、感性を抜きにして論理のみで世界を把握し理解するのは、料理から匂いや見た目を消し、言葉から音を奪うことに等しい。

感性がいかに多くの領域を占め、わたしたちの自己定義やコミュニケーションを扶《たす》けているか。それを知るには、論理的に説明できないものを伝える際のもどかしさを体験してみればいい。例えば、自分が見た夢を言葉にしようとすると、あの微睡《まどろ》んでいる最中《さなか》に受けた感じがまるで再現できないという経験をした人は少なからずいるだろう。「あの感じ」が表現できないということに苛立ちを覚えるのは、その夢を見ていない人に共有したくても、言葉にするのでなければなかなか他に方法がないからだ。

言葉にせずとも伝わるものはある。例えば、赫々《あかあか》とした大きな太陽が林立するビルの向こうにゆっくりと沈んでいくのが見えるとき、傍らの人にその感じを伝えたければ、あ、と言って指さすだけで足りる。その人は「すごい夕陽だね」と答えるだろう。それで通じるのは、その人もいま同じものを見ているからである。また、日記に「今日の夕陽は赤くて大きかった」と記したとすれば、それを読む人にはどんな感じだったかがすぐ分かる。共通体験としての「あの感じ」が言葉の不足を補ってくれるからだ。それは目の錯覚に過ぎないのだけれども、わたしたちは赤い夕陽が大きいことを「知っている」。人生の中で、幾度かにわたってその光景を目にしてきたからである。

けれども、見たことのない他人の夢について語られたとしても、話者の語彙や表現力でそれを描写するのには限界があり、相手がそれを理解する可能性は著しく低い。「この感じ」を共有してほしいと思っても、それを体験していない人には「この感じ」はまだ存在しないも同じである。つまり、感性のほとんどはそもそも具体的な体験によって見出されている。

ただ、感性は論理と違って明確な言葉にしづらい。それゆえに後に残りにくい。一度得たはずの感覚も、言葉や旋律や映像に転換されえなかったものは、捉まえたと思ったそばから、その人の指先をすり抜け失われてゆく。だから、目覚めた直後には、あれだけ覚えておきたいと思った夢の「あの感じ」を、わたしたちはなかなか覚えていられない。人間は、繊細で複雑なこと、ディテールや質感を驚くほど早く「忘れてしまう」のである。

現に、人間の脳は、発達という名のもとに取捨選択する。それが、大人になるということなのだ。だから、余計な脇道に逸れずに、整理された論理的思考のみを追い求める人は、ある種の「発達」した知性ではあるのだろう。そうした論理的な言語を共有できる人同士の会話では、抽出された意図が比較的通じやすい。

ただ、留意すべきは、そのような論理的会話で得られる知識は、相手の内なる世界のごく一部についてでしかないということだ。日頃表現されていないその人の感性というものがあろうし、本人も知らない「自分」がどこかから顔を出すこともある。人が人を理解するというのは、とても大変なことだ。

男女に限らず、人はもともと偶《たま》さか分かり合える存在に過ぎないといえよう。よく、男と女は分かり合えず、異性については語り得ぬものがあるという。それは、共感のもととなる共通体験を著しく欠いているからである。夫婦が長年のあいだに似てくるというのは、やはり生活をともにして共通体験を積み重ねているからで、それでも、この点やあの点についてはなぜ分かってくれないのか、などという愚痴は、何れの夫婦においても出てくる会話である。

そして、男と女の揉め事がこじれがちなのは、分かり合えない原因をその共通体験の欠落に求めずに、論理で相手を打ち負かそうとするから。いつの間にか、分かってもらうことよりも己の正しさを相手に受け入れさせることが目的になってしまう。そんな両者の壁を乗り越える方法は本質的には見つからないのだが、だからといって語ることが無駄であるとは思われない。どんなに不自由であったとしても、気持ちを伝える道具は言葉くらいしかないからである。

ああ、この人はそういう風に思うのだな、という理解は、男女の揉めごとを勝った、負けたの問題ではなくしてくれる。物の感じ方は人により自ずと異なるけれども、適切な言葉が充てられることで火花のように瞬間的に通じ合うことさえある。

もちろん、自らの感覚を語る上では適切な「言葉」を見出す必要がある。伝えるのに適した正確な表現。それに先立ち、自らの感じとったものにきちんと分析的に言葉を充てていくということ。その表現によって感覚がはっきりと見出され、他者と共有することも可能になる。

ところで、ここでいう正確であることとは、事実であることとは違う。先ほどの夕陽の譬《たと》えで言えば、夕陽が赤くて大きいというのは、人の目にはそう見えるという印象であって必ずしも事実でないが、広く共有された「感じ」であることは間違いない。同じような共有できる感覚が、時間を共にしてきた者たちの間には成立するはずだ。男と女には、限られた共通体験に想像力を補完して、だんだんと分かっていく過程が必要なのである。

ちなみに、人間というものの特性を考えると、この「だんだんと」というのは見かけ上の響きよりもだいぶ重要なことだと思っている。仮に、ここまでの記述を一文に要約してみたらどうだろうか。

「男と女は最終的には分かり合えないが、それは性によって人生における経験が異なるからであり、過去の経験や自分の感情を言葉で表現し、共有することは無駄であるとは言えない」。

この一文だけを読んで分かったと言える人は、すでに幾度かにわたってこうしたテーマを扱う著作に触れたり、考えたりしたことがある人だろう。おそらく考えが沁み込むには一度だけでは足りず、再三読み返したり、自分の経験に照らし合わせてみたり、会話の中で誰かに指摘されるという作業があったのかもしれない。

あるいは、「分かった」と思っていても本当はそうではない場合もある。論理をなぞって主張の整合性を確認し、矛盾や遺漏が少ないと結論づけたに過ぎず、別の場面ではまったく逆行する主張に賛同したりする人もいるかもしれない。人間が物事を「分かる」という過程は、言えば分かるだろう、というほど簡単なことではないのである。

だからこそ、様々な方向から問題にアプローチし、言葉を幾重にも重ねる。正確な表現を模索し、他者に向けてその意味するところを照らし出そうとする。念のためにことわっておくと、ここでいう正確さとは、（限定された対象範囲における事実の認定と論理展開の正確さを意味する）学術的な「厳密さ」とは意味合いが異なるし、正義としての「正しさ」とも関わりがない。

正確さと正しさがどのように異なるのかについては、もう少しだけ言葉を足しておく必要があるだろう。本書を貫くテーマであるところの、男女の問題にどのようにアプローチするかという手法の違いにも関わってくるからである。

言葉の正確さを追い求める人は、過去の創作物を読み耽り様々な言葉の用法を会得し、引用に新たな創作による発見を加え、自らの言語表現を確立させてきたという歴史がある。それでもまだ語りきれないと感じ、自らの認知の歪みを知り、あるいは言葉を操る人間の暴走を目撃することで知の限界を認識し、その恐ろしさについても語ってきた。

ところが、そこへ正義が割って入るとどうなるか。本来、べき論と表現の多様性とは相性が悪い。べき論を極限まで推し進めれば、「全ての人が、誤解が何もないように、正しい話法でもって、この一つの正しい真実を発話すべき」ということになるから、言葉は痩せていく。

例えば、女性の権利意識の自覚によって新たに広がった「ものの感じ方」の領域は実に大きかろう。人口の半分を占めていた人々の声なき声に言葉が与えられ、家事育児労働の内実から、差別の炙り出し、母であることと働くこととの両立の困難さまでが語られるようになるからである。わたし自身、過去の女性作家の著作物に触れることで、そのような言葉を内に育てていった。

だがその反面、女性問題の正義が十分に認知されて定説と化していけば、その視角によって見出されるものと失われるものとのバランスは崩れていく。本当は、男女の差について記述することも、女性についてあるいは男性について記述することも、実に難しいことだからである。常に語り得ないものが残り、手探りの状態であると思わねばならない。ただ、人文の観点からすれば、多様な感覚は興味深い題材となるが、正義の問題となれば、感じ方の逸脱は不正な権力の「内面化」であるとされやすく、仮に女性であったとしても批判の対象となる。すると、批評はそもそも不可能である。

かくして、正義が打ち立てられると、安全の観点から誰もが口を開けば同じことしか言わなくなるので、自らも完全には掴みきれていない多様な感覚の模索や、異なる見地からのコミュニケーションの意義は失われる。正義に対するカウンターもまた激しくなり、こちらも同じくひとつ事しか言わない。

声高な反対者もいるのに、どうして多様性が失われるのかというと、正義というのは文学とは違って「自ずと明らか」なものであり、すなわち「万人が分からなければならない」ものだと考えられがちだからだ。すると、大多数の人は自分がすぐに理解できないもの、予め知らされていないもの、定式表現からの逸脱は、間違っているに違いないと思い込む。

正義の応酬が続くと、自らとは異なる感性の広がり、知覚の深度を他者が持っていることを許容し得なくなる。近年とみに進んだ現象だ。そうやって、事物や感じ方の複雑さは排除されていくのである。

現代に生きるわたしたちのコミュニケーションは、ただでも大変な不自由をきたしている。SNSで正しさをぶつけ合う諍《いさか》いは観客を必要としており、その観客を意識した結果として擬態し、大勢が共感可能な型に自らを嵌め込む。その結果、自らの望みにはつれなくしてしまう。今は望みよりも何よりも、相手を糾弾する正義こそが王者なのである。そのような形で、果たして男女のあいだに横たわる問題が解決できるだろうか。

正義のぶつけ合いが解ではないのだとすれば、一体どんな言葉で何について語ることが必要なのだろうか。男と女が交信するうえで、互いを理解する「共通言語」として論理的説明を用いれば、ある程度の助けにはなる。けれども、それは時にどちらかの論理を受け入れる結果を招き、もう一方がそれに寄り添う非対称な関係をもたらすこともしばしばである。論理は話者により合目的的に選び取られた言葉であるし、論理をこじつければ、それは意思を通すための理屈でしかない。世の中の男女の諍いの多くに付き纏う問題だろう。自己中心的な人ほど、自らの論理体系を崩しはしない。そういう共感能力を半ば欠いている人に共感を求めるのは、そもそも無理なことなのかもしれない。

過去を振り返れば、わたしはしばしば妥協を重ねることで、付き合っている男性の好ましくない言動を放置してきた。それは自己主張が苦手であるからではなくて、私的な諍いやトラブルがとにかく根っこから嫌いだからである。男女間の論争は、諍いが嫌いな人がひとまず折れることになりやすい。人によっては、譲ることによる損失よりも、諍い合うことの不快さの方が大きいからだ。それでも、わたしに我がないわけではないし、その人の許を去らないというわけでもない。

相手に自分の失望を真《まこと》のかたちで伝えるというのは、どこか愛を伝えることに似ている。落胆した、というのはいわば期待の羽根で覆われた翼が捥《も》がれた状態だ。それが捥がれた痛みを必死に伝えようとする仕草は、自分ひとりでその痛みを抱えきれず、相手に救済を求める呻きなのだといってもいい。愛のかけらがまだ残っているとき、女は男に失望を伝えようとする。様々な女の例を見る限り、それが応えられないでいる場合には、いつしか憎しみに変わっていくこともありうるだろう。そうなる前に、男女はきちんとコミュニケーションを図るべきである。

本当のコミュニケーションは、相手が何を望んでおり、自分自身が何を望んでいるかを悟るところからはじまる。あとから拵《こしら》えられて現実問題に落とし込んだ目的ではなく、そのもととなる望みを自らが理解することで、相手に対する伝え方も一段と深くなる。だが、望みは何ですか、そう聞かれて咄嗟に忌憚なく本心を答えられる人は少ないのではないか。さらに言えば、わたしたちは自らの望みを知覚できているのだろうか。

　女は一体何を求めているのだろう。女が目の前の男に要求するものは、たいていちょっとした気遣いや感謝の言葉、相手の立場に立った慎み深い配慮といったものでしかない。だが、わたしたちがそういう素質をまるで持たない男にも惹かれていってしまうのはたしかで、そうしてみると、女は常にないものねだりをしているに等しい。口にすることと、心奥にとどめられた本音とが食い違い、異なる種類の欲望が嚙み合わないままにこじれては、腹の底に溜まっていく。恋愛が終わってみれば、なぜこの人をこれだけ長く好きだったのか、答えられない女は多い。男がもっと思いやり深く変わればいい。それはその通りだろう。しかし、なぜその人を選んだのかについて問われると答えに詰まる。

　あるいは、わたしたち自身さえも知らない衝動がどこかに潜んでいるのかもしれない。文明という衣を纏うことで、測り難い自らの真意を敢えて突き止めないでおく。丁寧に折られたナプキンやテーブルクロスのアイロンの折り目がわたしたちの共犯者となる。肌なじみの良いクリームが素肌を守るように、女は保身をする。わたしたちは多かれ少なかれ人生の演技者である。だから冒頭書いたように、女は不可解であるという主張は正しいのかもしれない。誰を好きになるかというのは、論理的に説明できるものではないからだ。

男と女は分かり合えない。感情をぶつけ合い、それでも求め合い、相手を傷つけてまでも自らの痛みを曝け出すような関係性を続けるには体力がいる。自分の心にしっかと囲いをし、分かり合えないことを諦めて日々を送る方が楽である。それなのに、余程心は無防備であると見える。望みが、希望が人びとを奮い立たせ、再び立ち上がって人生を送ろうと唆《そその》かす。

わたしは、恋愛に生きる意味を求めることができなかった。そのかわり、与え続けることを選んだ。一見、無償の愛のように見えるもの。それは通り過ぎていく愛である。雨のようにただ降って、砂地に染み込む。通り過ぎていく愛だからこそ再生できるのだともいえる。それは、どんな目に遭っても恨みを持たないで生きようとしたからだった。それでもなお、こだわりを捨て去ることはできない。こだわりを捨てるときは心を失くす時だからだろう。そんなふうにして、まだ生きることにこだわり続けている自分を観ている。

これまで幾度かの恋愛で破局を経験してきた。理由のない破局などないが、多くの場合は良き友人となった。それはわたしの狡《ずる》さでもあるのだろう。赦《ゆる》す、というのはある意味においては自分や相手に嘘をつくことである。相手に赦されているわたしもまた嘘をつかれているのだろう。赦すというのは距離を置くこと。男性は何を望んでわたしのところにいたのだろう、とふと思う。それは案外、何も求められないこと、それでもわたしに愛され続けていること、というようなことだったのかもしれない。それを男の愛と呼ぶのなら愛なのかもしれない。

あるときのことを懐かしく思い起こす。朝目覚めて、瞬間にその人を愛していると思った。けれどもまだ気怠い眠気の中、夢と現実の狭間に揺蕩っている寝顔を見て言葉は無駄であると悟った。愛しているという言葉はまるで望みの化石のようだ。愛を求める仕草が却ってその愛を台無しにしたりする。だから、その人が朝早く海に出る前にもう一度その腕の中で眠りにつくことの方を選んだのだった。愛を捉まえ、留めおくことはできない。その行方すら、明日は知れない。人は心変わりをし、死に逝き、そして還らない。それなのに、懲りもせず人は愛する。そうやって深い谷を刻んでゆく。

五、　不安に悩む人へ

旅に出ようと思ったのは、眠りがどうも浅くなっていたからだった。夜、倒れ込むように寝に落ちるということがなくてつい夜更かしをし、子どもを送り出してから朝寝をするようになったら、夜よく眠れなくなった。原稿を書くには夜から朝にかけてが一番いい。それは子どもを育てたり家事をしたり、昼間人と会う仕事をしながら、ひとりになって書き物をする時間を確保するために編み出した知恵だったのだけれども、本当に寝不足でがむしゃらに働いていたころよりも、まとまった時間寝られないことをストレスに感じるようになった。

その気になれば寝たいだけ寝られるにも拘らず、却って睡眠に過度な神経を使うようになったのである。若い頃に良く知っていた、なじみ深い目的の空白ともてあました時間が突然帰ってきたのだから、この感じは初見ではなかった。そういうときは、場所を変えて動いた方がよい。

そこで、突然思い立って今年はイタリアで誕生日を過ごそうと思った。歳の離れた妹とわたしは、どういうわけか同じ誕生日を共有している。妹夫婦と落ち合って一緒に過ごした北イタリアの旅では、一度も不眠になることはなかった。見るもの聴くものが趣と変化に富んでおり、朝から晩までよく歩き回ったからである。これまで、研究する対象が海外であったのもあり、イスラエル、イギリス、アメリカなどにはよく旅をしてきた。だが、イタリアはわたしにとって特別な場所だった。はじめて行った外国だったというのもある。

生まれつき出不精なせいか、旅に出る前には決まって億劫な気持ちに襲われる。そもそも娘によく指摘されるとおり、わたしは荷造りがあまり得意ではないのである。それなのに、直前にならないとスーツケースを出そうとさえしない。ただ、いざ到着すれば旅に出たことを後悔したためしはない。向こうでは、日がな一日歩き回ってヴェネツィアのバーカロ巡りをしたり、湖畔の料理教室で生パスタやティラミスを作ったり、ヴェローナの古代からある今も使われている劇場を見学したりした。夜も更けた頃、こぢんまりとした音楽会からの帰り、宿のある少し離れた場所へと石畳を歩きながら、昼間の喧騒がまるで嘘のように色とりどりのボートが静かに水面に浮かんでいるのを見て、東京では夜の散歩に出る機会が少ないのを想った。

日本へ帰る日、日昇前にヴェネツィアの水路を白波立てて水上タクシーに飛ばしてもらい、空港に向かう。もう旅が終わってしまうのが名残惜しかった。娘を船室に残し、わたしは高速で走るボートの上に立っている。広い運河に出るとまるで街灯のように見える灯りが暗い水面に点々と立っており、それらが先へ先へと舟を導いていた。それを見て、思った。やはり不安の中身を知ることが一番大切なのだと。不安とは、人生における未知のものへの不安である。生きることとはすなわち知られざる明日を目の前にして生きることであるし、未知の「死」に向かって突き進んでいくことでもある。そう考えれば、わたしが抱いていた睡眠への不安は睡眠そのものへの不安ではなく、不安に陥ること自体への恐れ、すなわち安定への渇望であった。

人間の不安は些細なことにも関わっている。旅行を前にした憂鬱、社交に対する憂鬱。いずれもはじまってしまえば、さして大変なことではないのに。心配性の女性が抱きがちな不安というものもある。映画だと、さしずめダイアン・キートンが得意とするお節介な母親の役どころと言えようか。幸せとはこうあるべきだとあれこれ思い描くがゆえに不安が生じる。例えば、久々に集う家族の集まりは素晴らしいものでなければならない。したがって、空白をどのように埋めるかについて神経を尖らせる。完全でなければ、という思い込みに囚われすぎて、何気ない余白を、いま自分の手元にある絵の具で塗りつぶしてしまうのだ。
こうしたことはあまりに普遍的過ぎて取り立てて述べるほどのことはないし、わたしたち人間に共通する当たり前の行動である。自己嫌悪も不安につきものの要素だろう。わたしたち人間は不安や自己嫌悪に襲われるのが苦痛なので、不安の存在自体を恐れる。それでも人間である限り不安は消えず、それと付き合ってやっていくほかはないのである。

不安の中身を知ることが大事だと述べたのは、それが転地効果のような実用的な緩和策と繋がり合って、癒しをもたらしてくれるということを意味している。不安を感じている事実に恥を覚える必要はない。むしろ不安を感じていると自覚できないことの方がより大きな問題なのではないかと思う。自分は生に関して一切の執着を持たないとわざわざ宣言する人の方が、不安の存在を認められないという意味で怖がりだからである。

わたしたちは半ば本能的に、動く側、物事を変える側であろうとする。人間はなぜか自らの力を恃《たの》み、世界をどうにかできると思い込む。不条理なこの世界に偶然生まれ落ちたという事実に納得できないからだろう。他人のことはおろか、生命体としての自身の身体、命の存在さえ測り難い。人は、そうした儘《ただ》ならぬものを何とかコントロールして、「意味ある存在」たろうとする抵抗を繰り返す。それは、はじめから敗北が運命づけられた戦いでしかないのだけれども。歴史的偉業とか、名を成すといったことの意義を否定するつもりはないが、それらはあくまでも人間の抗いの中で、生まれた傍から古びていく限定的な戦績の記念碑に過ぎないということだ。

だから、希望という爆弾を抱えて必死に生きようとするのはとても人間的なことだが、不条理と向き合う方法は、不安を抱えて生きる己をただ見つめることでしかない。

わたしにとっての不安とは、比較的幼い頃から決まったものだった。この世の中を、そして自分自身を愛せないのではないか、という疑いが絡まった厭世《えんせい》的な憂鬱である。そこから踏み出す上で癒しとなったのが、読むこと、そして書くという創造的行為だった。読むことで歴史を遡って他者とまみえ、書くことでまた他者と繋がる。その自らの来歴に鑑みれば、気分が乗らず何も生み出せなくなるということは、すなわち自身が置かれた孤独やそれに向かい合う精神をどこかでコントロールできなくなるかもしれないという不安に繋がった。ただ、それが分かってさえいれば、問題はないのである。書けるようになるまで新しいものを見聞きし、放浪したりして待てばよいのだから。

自己嫌悪は内省のはじめの段階であり、そこに留まっていると自分や世の中に対する厭わしさに囚われてしまい、その先へと続く階段を降りてゆけない。不安の中身を理解することではじめて自らの行動を解釈でき、一段深い所にある自己の存在を見つめることができる。自己嫌悪になりにくい人というのは、要は自己正当化能力が高いのだろう。ただ、そういう人は目的に向かってまっすぐ最短距離を走って行けるかもしれないが、内省がもたらす豊かさとは無縁である。自己を正当化し、合目的的な行動だけに専念すれば幸せになるとも限らない。周囲を気にしないというのは、よほど魅惑的な人でない限り、やはりどこかで孤独に直面する場合があるからである。

不安に対応するもう一つのやり方には「動くこと」がある。動きには、文字通り動くことも含まれる。汗をかくまで運動したり、陽の光を浴びて一時間でも二時間でも草むしりをすれば、疲れきって大抵の憂鬱は解消する。場所を変えれば気分も変わる。不安を動きで解消しようとするのは、人間にとって自然な習性なのだろう。

ただ、転地療養や適度な運動のように心身の健康に良い動きもある一方で、敢えて自らを痛めつけるような行動も世の中には存在する。例えば、リストカットを繰り返す人は不安ゆえに、傷をつけることによって倒錯的な安心を求めるのだし、度を越したギャンブル依存などもそうした自虐的行為のうちに入るだろう。不安によって自己を苛《さいな》むような状況は、そうした習性を持たない人からするとまるで真意が掴めない。アメリカでオンライン賭博にのめり込み我を失っていたことが明らかになった人の件でも、日本の世論には通常の人の思考回路で何とか理解を試みようとする意見が目立った。それは当たり前といえば当たり前のことで、自尊感情と自虐性が撚り合わさった独特な不安の発露を本当に理解できる人というのはこの世に少ない。

ドストエフスキーによる自伝的要素の強い小説『賭博者』に出てくる主人公のアレクセイはその典型像であろう。彼はマゾヒストとして描かれているが、ギャンブルの自虐ループから抜け出られなかった主人公は、恋愛においても一見マゾヒスト的な態度を取りつつ、結局は愛する人を踏み躙《にじ》る。自尊感情はエゴイズム抜きに成り立たないし、それがあるからこそ不安も高まる。自らを痛めつけるような行動を敢えてとってしまうのも、本当は不安のなせる業なのだ。

人間はエゴなしに生きていくことは不可能だが、エゴの存在は不安を拡張する。人によっては、他者や自身を苛む攻撃を意識的に繰り返すことで、不安をもたらす大本の不確実性、運命そのものを制御していると思い込みたがる厄介な生き物なのだ。そこから、生きることに纏わる欲求の問題が出てくる。これを内部的な欲求に求めずに、外部的な刺激に求め過ぎてしまうと、満たしても満たしても本当には満たされないという状況が生じる。何かに衝き動かされたような感じに人がしばしば耽溺するのは、外部的な刺激によって触発された衝動に身を任せているのに過ぎない。その場合は、たしかに興奮すれども、その都度不幸を感じることになってしまう。自らの真の望みにつれなくして、外部から受ける刺激に従うというのは、ある意味で自傷的な行為であるということだ。

したがって、そのような状況から逃れるためには自らの不安と向き合うしかない。そして、長期的に不安を和らげてくれるものを探すしかない。わたし自身が見出したように、読むことや書くこと、あるいは料理をすることや絵を描くことである人もいるかもしれない。スポーツに打ち込み、あるいは山を登る人もいるだろう。ただ、人間である限りは自己の存在を超えて他の仲間を必要とする。幸せとは何か、というのは一概にはいえないだろうが、自分を大切にしながら不安を宥《なだ》め、長年の持病のようにそれと付き合っていく道を見つけることが必要なのだとしたら、友情や愛情ほどそれに向いているものはない。

何事にも愛を持ち出すのは、いささか牽強付会《けんきょうふかい》であると思う人もあるかもしれない。しかし、友情にせよ男女の愛にせよ、愛の素晴らしいところは、例え不完全であっても相手のことを思う点にある。全てのものにその都度意義と見返りを求めれば、その人に向けられる愛や友情を減らし、最終的に孤独な生にしてしまう。合理性を仮定するモデルは、戦いや資本主義には相応しいけれども、人間関係の構築には相応しくないのである。それに、失うものを持たない人の言うことに、誰が耳を傾けたいであろうか。必要なのは、自虐でも自己犠牲の精神でもなく、予め与えられた不完全な他者への赦しなのである。

友情はその点、分かりやすい。しかし、男女に関しては、その愛を欲望ゆえだと勘違いする人は少なくない。けれども、欲望が純粋に欲望だけで存在していることは稀で、多くの場合は欲望自体が不安に根差している。その不安からの逃れ方として、どのような愛を培えば救われるのかということを考えてみたい。

不安と一口に言っても、様々なものがあるだろう。死と孤独への不安、自分が世界において唯一無二の存在であるという感覚や自尊感情が傷つけられることへの不安。孤独への不安は、他方で自ら心身をコントロールする自律性を失ってしまうのではないか、という不安ともせめぎ合う。わたしたちはこうした不安から僅かな間であるとしても逃れることを望むので、安心した、と感じた状況を繰り返し再現しようとする。それが、ときに恋に落ちる、という現象を招いたりする。

性的な行為には距離感の消失が伴う。例えば、反発や魅力など何らかの反応を自分から引き出すような相手に対して、性的に親密な行為が起きると一挙に距離が無くなる。縮まるのではなく、ふっと消えて無くなるのである。しかし、相変わらず二人は別個の存在であり他人同士なので、離れれば「別人」に戻る。ただ、心の方はその感覚を覚えていると見え、その人のことを親しみの感情を持って見るようになり、もう一度その時の感覚を取り戻したくて相手を求める。これを欲望と視るのか、不安と視るのかは視る深度の違いによる。逆に、相手との関係性が定まった不安の少ないカップルに、性的な結びつきが弱まっていくという話もしばしば見聞きする。そう考えてみれば、恋だとか性だとかといったものは、生殖という目的を別にすれば、人間が生きることに伴う不安から逃れるための一つの手段に過ぎなかったことが分かる。

恋愛の過程では、友情とは異なってひとりの人のみを愛するため、しばしば、却って不安が募ってしまったり、心の痛みをもたらしたりする。多くの場合、相手は「完璧」ではない。性格上の欠点というよりも、それは愛し方をよく知らないところからきている。

自主自律を重んじるあまり、他人に心情をほとんど明かさない人が人を好きにならないわけではないが、そういう人に限って不要な恐れに繋がるとして「余計な思考」を退け、その結果大した努力も払わずに相手からの好意を当然に得るものとばかり思い込みがちである。また、他人と深く関わることができず、一夜だけの関係しか積み重ねられない人は、不安を浅いレベルで折々に解消しつつ生きているに過ぎない。人によっては、日々あまりにも強い不安に脅かされているため、不安が高まる状態に陥ることの予兆さえ恐れている人もいる。

例えば、芸能に生きる人の不倫スキャンダルなどが問題になるたび、表舞台での貌と裏での貌のギャップが問題視されるが、表において極度の緊張と演技を強いられる人間に強い不安がないとすれば、それこそ人間として異常なのだ。ただ、交際相手が、自分は不安解消の道具として利用されただけだったと感じたならば、それが自ら進んで入っていった不倫関係であったとしても、不満の表出は一気に「告発」の装いを帯びる。

自我を支えるために他者の感情や身体を利用しようとすることは、不安から根本的に逃れるのに役立つわけではなく、大き過ぎる不安を両手で抱え込んだまま、それを手放したくなくて、転げるように坂を下っている自分の状態・姿勢を保持するためにやっているに等しい。だから、そういう人に想いを懸けても、いったん何かにぶつかって破綻するまでは救ってあげることができないし、無駄なのだ。差し出された愛情によって心臓の質量が減るわけではないのだから、与えた側はその分何かを失いはしないのだけれども。

しっかりと愛するやり方さえ学べば、友情ではなく男女の仲であったとしても、与え合う関係が育めるはずだ。わたしたちは、相手が未熟であり、自分自身も未熟であることを前提に、互いに幸せをもたらす功利的ではない人間関係を作っていくしかないのである。

六、　共感の危うさ

　ふっと気持ちが軽くなった瞬間があった。期待することをやめたときである。若いうちというのは感情の一つひとつが鮮烈で、あれこれと多くを願っては思い破れ、甲斐なき正義感も強い。それに纏わる負の気分を、子育てに熱中していた頃などはすっかり忘れてしまったつもりでいたのだけれども、人生は単線的に変化していくわけではない。四十の声を聴いてからも、二十代ほどではないにせよそうした気持ちに駆られることがあった。

　例えば、なぜコロナ禍であれだけ何かを守ろうとして必死になったのだろうと思い返してみると、やはりあれはまだ精神が若かったのだなと感じる。活動制限でイベントがキャンセルになり、仕事がなくなって食い詰めたり、生き甲斐そのものを奪われて気持ちが荒んでいったりする若い人たちを抱え、何とかできないものかとこちらへ頼みに来られるアーティストや飲食業の人なども多かった。窮状を聞くと、居ても立ってもいられなかった。元々は腰が重い癖に、こうと思い立ったら駆けだす質である。

個人が蒙《こうむ》っている「不条理」は印象が強く、その場で心を捉えがちだ。困っている人を前にして、傍観者では居られないと思った。十年ほど前に独立を志して立ち上げたシンクタンクが、そもそも社会発信や分析による政策支援を目的とした組織だからでもある。

しかし、コロナの異常な何年かが過ぎ去ってふと後ろを振り返ってみれば、それ以外の生き方もあったのではないかと思う。困っている人たちの被害を見ないふりをするというのではないけれども、どこかに籠って何かを書き綴って暮らす道もあったはずなのである。文筆がすぐに社会の役に立つものではないことを自覚して、それでもそのとき見たこと、考えたことを書き留めておく役割とでも言おうか。あるいは「非常時」とはまるで無関係なことを書くのでもいい。

おそらく、それが人文と社会との機能の分かれ目であるのだろう。人文にも成り切れず、社会の方にも振り切れないわたしは、自らのどっちつかずな部分を大切に思ってきたのだが、だからこそ社会の側に寄り過ぎたと思えば、精神の構えを真ん中に揺り戻す必要を感じる。その反動が、今頃になって来ている。変化を期待しない、人に期待しないことで、自らの生業《なりわい》のペースに立ち戻ることができた。

だからといって、社会に対して共感を失ったのかといえばそういうわけではない。寧ろコロナ禍やウクライナ戦争などを同時代人として見てきて、「共感しすぎること」の危うさについて学ぶところの方が多かったということである。

他者のことを思い遣るといっても、ほとんどの場合、人は自己の痛みの延長線としてしか共感を拡げられない。他人の痛みをまるで自分の痛みのように錯覚するからこそ、痛みは騒ぎを引き起こす。いったん誰かの痛みを知覚する。すると人はその痛みの感触に敏感になり、無暗に恐れてはその興奮が周囲に伝播していき、集団の連鎖反応を引き起こす。恐怖や痛みが同じ空間にいる別の個体に伝播するというのは、マウスなど人間以外の生物にも見られる反応のようだが、人間はさらに抽象的なレベルで恐怖というものを理解しており、痛みに関しても想像力を逞しくする。その痛みが、自分とは関係のない事物やフィクションであってもつい反応してしまう。

例えば、映画やドラマは登場人物の痛みや不安、恐れなどを画面上で鮮烈に表現し、観客に伝えようとする。恐怖を呼び起こすようなシーンでは、人はそれが架空の出来事だと分かっていても、思わず身体を固くするなどして物理的に反応する。だから、ましてや現実の物事を扱うテレビのニュースや、ＹｏｕＴｕｂｅ、ＳＮＳなどを一日中見ていると、そこで話され、報じられている事柄がまるで我がことであるかのように感じてしまうのも無理はない。痛みへの共感が、いわばわたしたちに警戒を促すアラートのようなものなのだとしたら、それは物事に対する優先度を変えさせるスイッチの機能を果たしていると考えていいのかもしれない。日常生活の何やかやをいますぐ脇において、「これを見ろ」「これに反応しろ」と要求してくるもの。それが共感である。

とはいっても、世の中の全ての痛みに共感することは不可能だし、自分自身が心身を病んでいる状態で他者に共感するのは難しい。イギリスの作家、ヴァージニア・ウルフはかつて、「病むことについて」というエッセイで、インフルエンザに罹ったときの心境とそこからの学びを綴った（一九二六年に『ニュー・クライテリオン』に掲載）。曰く、人は健康なときは親切なふりをし、努力し、喜びや悲しみを分かち合おうとする。だが、いざ病気に罹ると一挙に性急で子どもっぽい性格になってしまい、快不快の方が大事になる。熱や痛みに襲われている状態では、世の中における正しさなどというものはどうでもよくなり、「正義の行進」の列に加わる圧から解放されるのだと。

昨今の世の中を見るにつけ、ここでヴァージニアが批判的に「正義の行進」と書いたのは、不思議な気がするほど身近に感じる。

このエッセイは、痛みを感じている人とそれを見ている人とは同一ではないし、両者の心理は異なるということを言っている。こう書くと当たり前のようにも聞こえるが、実はつい忘れられがちな真実だ。ヴァージニアは、世の中の全ての痛みや苦しみに共感して回ることはできないとも書いている。歯痛や頭痛は耐え難いものだが、人々はそれにいちいち同情して回らない。実際、痛みの檻の中に囚われている病人にとっては、いくら同情されても苦痛が和らがないのは当たり前で、共感よりモルヒネの方が百倍大事だろう。

同情とは浅薄なものに過ぎない、と切って捨てることがここでの目的なのではない。たしかに同情も共感も人間らしい心の動きだが、痛みを覚えている他者とそれを見ている自己とのあいだには、本来目に見えない一線が引かれている。共感の波に飲み込まれ過ぎず、そのことを折に触れて思い出すことも必要なのだと思う。

人は痛みを恐れるがゆえ、痛みの存在自体に敏感になる。勢い、他責へと心を傾けたり、痛みではない何か別のものにそれを転化したりしようとする。同時に、人間は恐怖心や同情に駆られると、モラル上、何が正しくて何が間違っているかという、当否の判断を性急に下しがちだ。すると、ときには痛みや恐れに対する集団的な反応が人権侵害や暴力の連鎖を呼び起こし、もっと大きな痛みを作り出すこともある。それはそれとして別途一冊にわたって論じるだけの価値があるが、ここではその問題に稿を割くのではなく、初めに述べた、期待しないことという点についてもう少し掘り下げておきたい。

相手に期待しないこと。それが冒頭に述べたように、公私にわたって人生が楽になった理由だった。人を受容すること、手を差し伸べて社会にリーチアウトすることに心を砕いてきたつもりでいたが、人の面倒を看るという行為がある種「倚りかかり」の要素を含みこんでいるということを、この年になってようやく実感として理解したのである。知識として理解することと、身体に沁み込むように理解することとは違う。遅いといえば遅いが、それが分かっただけでもうけものだった。

期待するのを止める。そう聞くと、一見、期待値を予めコントロールして自衛するということだと思う人もいるだろう。もちろん、初めから望みを諦めておいた方が苦痛は少ない。ただ、望みを持たないで生きるつもりはないし、それとは異なることをここでは言おうとしている。それは、「己の基準によって生きる」ということである。

人の面倒を看る、思い遣りを持つ。そうした姿勢を取るのが、人格者たる条件だと世の中では考えられている。人格者であるのは大層難しいことなので、多くの場合、人は思い遣りを自己犠牲の精神として発揮しがちである。しかし、自己犠牲というのはどう見ても期待と背中合わせだ。無条件の愛（unconditional love）とは、本当は限られた条件の下でのみ成り立つものでしかないのだけれども（例：赤子が母親を愛する）、人はまるでそれが初めからそこに存在するかのように振舞ってしまい、心血や労力を注いでは密かに傷ついていく。公約通り振舞える人間などそうはいないだろう。

殊に女において、無条件の愛の幻想は顕著である。歴史上、多くの書き手が「母性」という概念に無条件の愛という衣を纏わせたため、人々が苦労しているのではないかとさえ思ってしまう。真実を述べると、母の愛が無条件であることは大変に難しい。逆に、自らが産んだ子どもから与えられる無条件の愛と信頼に身を投じ、その海に無心に耽溺し、自らの幼年時代を思い起こし、幸せというものの輪郭を掴むのは母の方である。理想的な母であろうとすれば、そのような素晴らしい幸福を味わったのちに、子どもが自我を芽生えさせ、巣立ってゆくのを見送り、その子の幸せだけを願わねばならない。だから、母として愛するというのは、とても幸せでかつつらいことなのだ。

元夫の面倒を看て、彼を甘やかしながらその実はどこか倚りかかって生きてきたことに、子どもをかけがえのない掌中の珠として慈しみながら、実ははじめからひとりであったことに、半ば目を瞑っていたのは、わたし自身だったのかもしれない。我欲を戒め、エゴイストにならないように努力することは比較的容易にできる。だが、本当に難しいのは人に倚りかからずに生きるということだ。

世の中には誰かの助けを必要としている人、倚りかかることを必要としている人がたくさんいる。人間らしい在り方として、友が、伴侶が必要としている手を差し伸べ、肩を貸すことは大切だと思う。ただ積極的に手を差し伸べることだけがよいことだというわけではない。少しでも楽にしてあげたいと思えば、単に時々そこにいて、自分も好きなこと、普通のことを一緒にするだけでよいのである。

家族をはじめ相手が満足する基準によってではなく、己の基準によって生きていく。そうした姿勢になったことで、はじめ献身だと思っていた愛するということの意味をもう一段深く知ったような気がする。

倚りかからないというのは、自己を開示しないということではない。痛みや悲しみを曝け出しても、誰かの前で泣いても構わない。人格者として振舞うのを止め、自分自身の基準で生きていくということだ。人格者というのは他者からの評価であり、またその過程で他者を巻き込む。自と他の間に一線を引き、倚りかからずに相手の幸せを願い、その笑顔を見たいと思う。愉しい時間を過ごす。そうした友愛の情こそが人間にとってはもっとも惜しみないものだということである。

誤解を生じないようにするために付言しておくと、倚りかからないというのは、「何も求めない」ということではない。むしろ率直に、素直に求めるということである。むろん、求めが全て応えられることはない。だが、望みをきちんと言葉にすることで、相手が自分とは異質な存在であり、異なる思念があることを理解する。それが夫婦間やカップル間で成立し続けるのは難しいことだと思う。

機能的で実用的な物事が多く関与する「結婚」という概念や社会慣習を抜け出ることで、はじめて人間として向き合うことができるというのは皮肉なことかもしれない。人は、友には本質的な友情を期待するが、表層的なことは大して期待しない。その一方で、男女は実に様々なことを相手に期待するのである。そして、期待が外れると痛みが生じる。痛みは、男女が二人で対になっているという概念から発している。恋愛や性については、男女ともに一方的な願望や期待が投影されたかたちで、巨大な幻想が広まってしまっているが、それもこの対による完全さが期待されるがゆえである。男女はまるで異なる存在なのに、あるいはだからこそ、対になりたい、対であるべきだという思いがわたしたちを侵食する。そしてお互いを共振させ、同化させようとする。

だが、男が女の痛みを感じられるだろうか。期待への度重なる裏切りが平静な心をゆっくりと蝕んでいく痛み、自分ではない何かに擬態させられた苦しみ、肉体の存在をこの場で終わらせたいと思うような憤《いきどお》ろしい痛みを感じられるだろうか。同時に、女が男の痛みを感じられるだろうか。高い自尊心と依存心の同居からくる苦しみ、愛する女を己がものとしたいという侵襲的な衝動、その人が傷つけられた時の、まるで自分の持ち物が傷つけられたかのような皮膚感覚の延長線上としての痛み。相手が求めているものを与えられないという罪悪感と傷つき。少なくとも、わたしには到底男の痛みを自分のものとして感じることはできない。だから、共振するのではなく理解し合うものとして、男女は交信すべきなのである。カップルとなった二人だけが完全に分かり合い、通じ合う「一心同体」の状態が仮に成立したとすれば、それは単に他者を排除した合体でしかない。己を自己複製したようなものである。

本当は、自己複製のような形でもなければ惰性でもない、それでいて仲間であるという感覚を持てるような人間関係が最上のものなのだと思う。初めから「ひとりではない」と誤認させるのではなく、一本の線を引いた上で共感を及ぼすということ。それでこそ相手の思い遣りに一つひとつ感謝する瞬間も生じるだろう。

人が恋愛によって覚える痛みというのは、両者が別人格だからこそ生じることである。自は他ならず、他は自ではない。自分が求めるような言葉を他者はかけてくれないし、自分が求めるようには相手は振舞わない。自分がこういう存在だと思ってほしいと願っているようには相手は自分のことを思ってはくれないし、ときには相手が自らを部分的に、機能的にしか必要としていないという事実が自我を傷つける。

どんなに近しい存在でも、両者が同じ場にいて同じものを目にしても、物事の解釈は本来人それぞれに異なる。だからこそ、交際の当初は相手が一体何を考えているのか不安を感じたりする。しかし、そのうちに結婚や長年の交際を経て不安が少なくなるにつれ、そして相手のことをより深く知りたいという気持ちも薄れるにつれ、会話の新鮮さは減り、共振のような同調や、あるいは時間を無為に過ごす機会が増えていく。

けれども、本当は人間というものはもっと奥深く、様々な面を持っているものだと思う。願わくは、一日一日、伴侶や友人に対して新たな発見をすることのできる姿勢を保ちたいものだ。

わたしは昔からひとりである、と先に書いたが、孤独がそれほどよいものであるとは思わない。わたしたちは孤独になるのではなく、寧ろはじめから孤独であるのだ。それにどう向き合うのかというところから、生きることの意味を思念しはじめる。人間の願望を掘り下げれば、いずれも最後は地に深く根を張った不安に辿り着く。わたしたちの悩みは、詮《せん》ずれば、生きることによる不安をどこまで深く感じ取り、それとどう付き合っていくのかということでしかないからである。

七、　トラウマを理解する

わたしたちは「恥」とともに生きている。アダムとイヴは禁断の果実を食べてはじめて自分たちが裸であることに気づき、樹の陰に身を隠す。『マダムバタフライ』の蝶々さんは愛した男に束の間見た夢を踏みにじられ、名誉のために自刃する。『こゝろ』の「先生」は、自分はそんなに大した人物ではないと述べ、友を自死に至らしめたことの告白文を残して死んでゆく。恥が自らと向き合うなかで生じる概念なのか、それとも世間に対峙する中で生じる概念なのかは、殊更に区別しても仕方がない。いずれにせよ、わたしたちは己を外から見るとき、他者からの視点によって自らの存在を照らし出すからである。

経験的に一つはっきりしているのは、恥とは怒りであるということだ。それが他者に対する怒りであるとき、人は他者を殺めもしようし、己に対する怒りとなったとき、自ら死を選ぶ人もいるだろう。発作的な怒りには、不当さに対する抗議の意志が付随していることもある。恥を理由に自死を選ぶ人は、世間を拒絶し、友や係累を後ろに振り捨ててゆくのだが、同時に自らの死を受け止める観客として社会を必要ともしているのである。人間が恥の意識に囚われている状態というのは、自己と社会とがそのまま接合してしまうような近過ぎる距離感の成せる技でもあるといえよう。

何が恥を生むかには人類で共通する部分もあるが普遍ではなく、時代や社会背景によって異なる文化や精神形成過程の影響を強く受ける。例えば、明治とともに生きた「先生」にとっては、異性より朋友を裏切る方がより深刻だったのだろうし、村の偏見を物ともしなかった蝶々さんが夫と信じた人に裏切られたことを知って自刃したのは、男女を一対一の精神的な結びつきであると見る意識を裡《うち》に育てていたからだろう。恥は人間にとって良きものと背中合わせなので、恥の感情を失うということは理想や文化を失うということでもある。つまり、愛や理想を失って生きるよりは死ぬ方がいいと考える人がたくさんいるということだ。そうでなければ、己の存在を抹消したいとまで思うには至らないだろう。

——なぜ、死なずに生きてこられたのかと言われたことがある。些か剣呑《けんのん》な言い方だが、わたしが半生で背負ってきた恥は、通常ひとりの人生にのしかかる負荷ではないと思われたのだろう。自伝的エッセイを書き下ろした際にも、年が離れた友人に、頼むから性暴力を受けた過去については公表しないでくれと言われたことを憶えている。あれは内幸町界隈のごはん屋だっただろうか。まだ原稿を読む前だった。書き下ろし中の本のことについて話していて、そう、それであのことについても書いたよ、と日本酒の杯を重ねながら言ったのだった。

仮に、それを読んでなお女性に対する尊敬を揺るがせにしない男性がいたとしても、オレたちの同世代の男たちにはまだまだ偏見がある。と、その人は言った。きっと、その本を読んだ後では君の評論や分析を虚心坦懐に聞けなくなる。だから、頼むからそれについては書かないでくれ。君が中傷を浴びるのをこれ以上観ているのがつらいんだ。

そう思うんだったら思わせておけばいいじゃない。そうした経験を潜り抜けてできたわたしというものを、友人として一切恥じていないのであれば、つらさを感じることはないでしょう。

心を許した人に対して、わたしは時に子どものようになるところがあるのかもしれない。ふだん苛烈なまでの人間観察を人にぶつけることは稀だから、理解され通じ合えると思えば手加減というものをしなくなる。その後ほどなく外国へ向かう飛行機の中で、友人はわたしが送った原稿を読み、ごめん、自分が間違っていた、ぜひこれを出版してほしいと書いてきたのだった。その後は数えるほどしか会わなかった。互いに忙しさにかまけ、またコロナの流行もあって会うのが難しかったというのもある。そうやって会う機会もないうちに帰らぬ人になってしまった。それでも、友があの本の原稿を読んで恥や怒りを抱かずにいてくれたことが嬉しい。半生を生きてきて色々なことがあったが、目を引く一つひとつの出来事よりも、そのような魂に触れる人間関係こそがわたしにとって意味を持つものだった。

恥とともに生きるすべは、何よりも怒りを克服することである。レイプは「魂の殺人」であるという表現を近頃よく聞くようになった。裁判官などの第三者に対して、外見に顕れにくい被害を克明に伝えるための言葉としてはおそらく適していようし、被害者自身がそれを言うのは至極正当である。ただ、魂に死刑宣告を下すのは己であって、他者ではない。それこそ、蝶々さんの例で言えば、彼女はピンカートンを愛し信じた自らの魂が死んだので、それを認め肉体もついでに葬り去ったのである。何が主体であり客体であるのかを間違ってはいけない。仮にも、他人が「あなたの魂は一度殺されたと思うのだが」などと言ってはならないのは、そういう理由からだ。

憎しみと暴力、信頼と欲望の狭間に生まれた悲劇について、わたしの経験より深刻に見える事例はほかにいくらでもある。映画「ロッコとその兄弟」で描かれたごく身近な者による暴力（邦題は「若者のすべて」）、身寄りを失った〝未亡人〟を街中の人々が虐げる「マレーナ」、塾講師が教え子を搾取し続け、ついには正気を失わせる『房思琪《ファン・スーチー》の初恋の楽園』。いずれもどこかに実話があったからこそ描かれた物語だろう。

なぜ死ななかったのかという問いに戻るとすると、命を惜しんだというだけではない。幼い頃から、激しい怒りを鎮める方法をどこかに持っていたからだ。自我が強くあればあるほど、そこから生じる恥の概念に伴う怒りを鎮める方法を身に付けなければ生きてゆかれない。それだから、きっと壊れにくいのだろう。恥という感情と付き合いながらも、それを克服していくことが回復の道だった。

もちろん、一般的に見れば、正当な怒りを周囲に向けて発散することによってトラウマが「治る」人の方が圧倒的に多いのだろうと思う。コンゴ内戦において膨大な性暴力の被害者を無償で治療し続け、ノーベル平和賞を受賞した医師、デニ・ムクウェゲさんという方がいる。彼が来日し、大学で講演してくれた時の話は大変貴重なものだった。その中で、加害者にきちんと裁きを下すことは、被害者にとって自尊感情を取り戻す重要なプロセスに位置づけられると述べておられた。傷ついているのは肉体だけではないからである。卓見だと思う。コンゴの場合は、内戦の武器としてレイプという手段が用いられた事実をきちんと社会的に認知する必要があった。彼女たちは私的な暴力の犠牲者ではない。性被害が軽視され、またそれにまつわるスティグマが存在する人間社会において、ムクウェゲ医師の述べているように、彼女たちを内戦の犠牲者としてカウントすべきだという観点は見落としてはならない。

　ただ、性被害といってもその性質は様々であり、その時々で必要な癒しの性質は異なる。だから、報復による失われた正義の回復に思念を注ぐことが長く暗いトンネルの出口であるとは限らない。わたしが折々に感じてきたそういうことを、まるでなぞってくれたかのように感じた映画が数年前に上映された。人間の暴力と恥、赦しをテーマにして深く掘り下げた、イランのアスガー・ファルハディ監督の映画「セールスマン」である。本作は、二〇一七年のアカデミー賞外国語映画賞を受賞したが、監督も主演女優も、特定国からの入国を停止するトランプ大統領令に抗して授賞式典に出席せず、それも話題となった。

　舞台「セールスマンの死」の初日を終え、ひとり先に帰宅した妻は性犯罪に遭う。プライベートな空間であるはずの自宅で恐ろしい目に遭った彼女は持ち前の明るさを失い、暗い顔で塞ぎ込み、怯えて生きるようになる。反面、夫は怒りをため込み、妻の気持ちを置き去りにしたまま復讐心を膨れ上がらせていく。他方で罪を犯した老人とその妻も登場するが、その妻は原理原則抜きに夫のしたことを無条件に赦してしまう。急速に発展するテヘランの街を舞台に、こうした二つの夫婦の在り方を描くことで監督は様々なことを同時に表現しようとした。

主演女優を務めたタラネ・アリドゥスティさんとは、来日した際にトークショーで対談させてもらったのだが、そのときに彼女が話した内容が今でも心に残っている。確かにこの映画は現代イラン社会を描いているが、男と女、そして性被害をめぐるテーマをイラン特有の問題として理解すべきではない、とタラネさんは言ったのだった。彼女はドイツで育った時期があるから、西洋の社会のこともよく知っている。そう、確かに彼女は正しかった。これはイラン社会だけの問題ではない。恥の概念は世界中にあり、性暴力に傷ついた人をかえって恥じる文化は国境を跨いで存在する。

ちなみにタラネさんは、スカーフをきちんとしていなかったという理由で若い女性が殺された事件に表立って抗議をしたため、このあいだはしばらくイランの監獄に収監されていた。イラン社会において自己の存在が持つ意味合いを十分に理解したうえで、ふだんは芸術に身を捧げ、政治的には抑制的でありながらいざというときには怯まない。本当に勇気のある女性というのはこういう人であると思う。イランはイランでまた別個の問題を抱えているが、彼女はそこから目を背けてはいない。

作中の夫が、ほんとうに妻のことを思い遣って憤っているのであれば、復讐に全ての情熱を傾けることはなかっただろう。美しい大切な妻が暴漢に襲われて、傷ついたのは彼自身だったのである。しかし、その夫の心の在りようを断罪することがファルハディ監督の目的ではない。何であるべきか以前の問題として、こうであるという姿をしっかりと描ききることが大切なのだ。「分かる」ということは、傷ついた精神に対する癒しとなりうる。分かるというのは受け容れることでは必ずしもなくて、愚かしく美しく複雑である人間存在を理解するということである。そして、本作品は加害者やそれを取り巻く者の心理まで描き、その後の結末を観客に見せることでさらに深みを増している。

わたしはおそらく、なぜ人間が暴力的であるのかをまず理解したかったのだろう。そして、なぜ善と悪を併せ持つのかも。だから、人間の観察に一生をかけているのかもしれない。好きで入っていった自然環境保護の問題から離れて、戦争をアカデミアでの研究テーマに取り上げたのは、ひとつにはそれが影響していると言えなくもないのかもしれない。

過去に暴力に直面したことがあるゆえに、わたしは暴力の貌を少なくとも一部は知っている。だから、他の種類の暴力や支配欲に対しても敏感である。二〇〇六年にアカデミー賞を受賞したポール・ハギス監督の「クラッシュ」という映画がある。この作品は大都市ロサンゼルスを舞台にしており、人種間の分断、人間同士の憎しみ、そして危機的状況における人と人との瞬間的な繋がりと共感を描いた映画史に残る傑作だ。この映画を観たとき、暴力的な人間のぶつかり合いの激しさと刹那にほとばしる共感の熱量に当てられて、しばらく席を立てなかった。

それから十年余りの時が経ち、ハギス監督は複数の性的関係強要事件で巨額の賠償命令の判決が下されるなどして映画界での支持を失った。彼は同意があったと主張しているから、それはここに記しておかねばならない。映画の偉大さや、監督の才能、そこにかけられた真摯な思いが存在しなくなるわけでもない。監督が表現したかった刹那的な共感もきっと本物だろう。ただ、逆に暴力的な感情を己のものとして知る人だからこそ、このような映画が撮れたのかもしれない、とそのニュースに接した時に思ったのだった。

自らが直面した暴力に飲み込まれず、それに感情を支配されないためには、暴力行為そのものに焦点を当てるのではなく、それを行う人間に焦点を当てて考える必要がある。そうしてみると攻撃者の姿は案外陳腐である。暴力や支配はセンセーショナルなので、その烈度が人の目を眩ましがちだが、その実は比較的単純な行為だ。烈度を高めることで、相手から短期的に何かを引き出すことはできても、人間の知を高めはしない。痛みや屈辱、従順さという反応をいくら引き出し積み上げたとて、人間は己が知覚できるもの以上のことを把握することはできないからだ。人間を支配することはできても、人間を理解したことにはならない。人体を解剖しても生命の不思議を理解できないのと同じだ。

痛みを悟り、言葉にする。そうした作業を怒りのさなかではなく、あくまでも落ち着いた環境の中で繰り返すことが、総じて人間存在についての理解を深めてくれる。わたしがカウンセラーの助けを得ることもなくどうやって傷を癒してきたかといえば、そういったプロセスだった。

わたしは長らく自分自身の観察者であり、癒し手であった。プロのように、精神事象についての知識や療法についての結論を得ることが目的ではない。目的は知性を失わずに生きることであり、己を盲目にさせる怒りを鎮め、現実世界や肉体という箱に閉じ込められている精神を護り育てることだった。

わたしには他の不安もあったから、おそらくカウンセラーや精神科医に会えば様々な対話ができただろうし、それによって己をより深く知ることもできただろう。ただ、怒りの克服は内面の営みによってできたとしても、痛みの克服は外界と交わらねば果たせない。世界を完全に拒絶するのでない限り、トラウマを抱える人も外界で生きることがどうしても必要な復活のプロセスなのである。その実践においても、わたしは様々なことを見て学んだ。攻撃者はたいてい極端な人間だが、必ずしも世の中は白と黒に分かれるわけではないということ。他者から寄せられる共感の中に潜み込む欲望や、あるいは痛みについて。

人間の持つ交信手段は多くの場合、自らが発する言葉である。相手に対して想像力を及ぼす過程においても、己が表出する。人の感情や分析は、結局はその人がどういう人間であるかという自己開示を意味するからである。言葉が危険なのはそういうところだ。日々発する言葉、書き留める言葉にさえ、どういう人間であるかという本質が宿る。人々の怒りの言葉の呟きを見れば、その怒りの対象ではなくその人のことが分かるだろう。誰かが他人の痛みに寄り添おうとする時点で、すでに事物はその存在を離れて社会化されている。

例えば、他者の痛みに寄せる共感には、時にその人自身の欲望も絡んでいることがある。「あなたの痛みを感じる」――これはビル・クリントンが初めてアメリカ大統領選に挑戦した時に用いた有名な言葉だ。クリントンの場合、はじめ自分の発言を妨害しようとした聴衆に、最低限の礼儀を求めるくだりでこの言葉を使った。無礼な相手に、まず自分から敬意を表する。あなたの痛みは分かります。けれども、と彼は言ったのだった。それが外交手腕に長けたジョージ・H・W・ブッシュ大統領に挑む、小州の知事に過ぎない彼の存在を象徴する言葉になった。対立する立場にある人のところにも必ず降りていって話を聞き、下から頼む（＝共感）。それによって自らの話を聞かせることができる（＝欲望）。これこそが「I feel your pain」のレトリック（rhetoric）であった。

レトリックという語は、言葉を美しく巧みに用いるという意味であり、日本語では「修辞」や「措辞」に当たる。いうなれば、相手の心に自らの意思を届かせる目的に即した表現、ということである。転じて、本音とは異なるうわべだけの言葉、という意にもなる。英語ではあるが、レトリックという語がこの世に存在すること自体が、言葉の限界と可能性をともに象徴していると捉えることもできるだろう。多義的な語が、それだけでは自立的な意味として内包していなかったはずの本音、話者の意図にまで広がった世界の大きさをはからずも示しているからである。

わたしの年代以上の多くの人が覚えているように、クリントン大統領は充実した八年間の任期をモニカ・ルインスキーとのスキャンダルで汚してしまった。妻ヒラリーを伴った会見で嘘をついてしまった過ちもそうなのだが、それだけでなく、暴露されたモニカとのやり取りにおいて、彼のばかばかしいほどの人間臭さが明らかになったからである。

性は、暴力的な関係ではなくとも支配／被支配の欲望を伴う、ということを彼は示した。それは、実は他者の痛みに共感する彼の類まれなる資質とも繋がっている傾向だったのである。ホワイトハウスの一研修生だった若いモニカに彼がしたこと、それ自体を、他人であるわたしはそこまで責めようとは思わないし、クリントンの政治家としての魅力を損なうとも思わない。むしろ、人間とは複雑な存在であるということを、彼を見ると改めて考えさせられるのである。

共感が人間にとって必要な大切な感情であるにもかかわらず、これを語る人がしばしば人間というものの複雑さを露呈してしまうのは、ビル・クリントンに限ったことではない。それを分かっていてもいちいち咎めだてしないのがわたしの性格だ。観察者であることは、裁定者であることとは違う。溢れるような共感を働かせ、怒りに駆られて生きる人は、世の中においてはより魅力的に受け取られても観察者としては不備なのである。そして、実際に観察をしてみると、人間というのは必ずしも善と悪で割り切れない存在だし、時に自分自身が暴力性や怒りを発散しながらそれを燃料に変えて生きる存在でもある。

人間はいつでも生と死の狭間に生きている。トラウマとともに生き、トラウマを飼い馴らすことはまさに人間をより深く知るという作業に他ならない。

八、　女の自立

今から二十年以上も前のことだった。まだ若かったわたしは、結婚後初めてアメリカの親戚に紹介されることになり渡米した。そのときの心細さと文化的な違和感は、いまだ鮮明に記憶している。異なるファミリーに嫁《か》すことは、国境を跨がずとも緊張感を伴う。ましてやわたしはそれまで海外に留学したこともなかった。

春が早く訪れるアメリカ南部の川べりに立つ一軒家をバケーションレンタルして、三世代の大家族で集まった。青と白を基調とした室内は軽やかで、ところどころに大きな白い貝殻が飾ってあった。居間に続くベランダはそこからほどなく大西洋に注ぎ込む大きな河口に近い緩やかな流れに面しており、ボートを出すための桟橋が近くにある。この地方は古くから煙草の一大産地ということもあり、大人の女たちはウエストを締め付けない軽い服装をして皆屋根付きのベランダに座り、日がな一日煙草を燻らせていた。揃って銘々の出身大学のパーカーにジーンズを着た若者たちは、引いた単語をジェスチャーで当てさせるカードゲームに興じていた。わたしはもくもくとした煙草の煙を避けて屋内にいたのだが、英語の聞き取りにまだ不自由していたため所在がなくて、ほんのちいさな子どもたちとかくれんぼをして遊んだ。

かくれんぼはじきに隠れ場所を失い、そのうち鬼ごっこに転じた。追いかけると子どもたちは一斉に叫んで逃げる。捕まったらくすぐられるのが怖くてスリルがあるのだろう。もういまでは当時の面影を残さずに大きくなってしまった三歳の男の子は、大家族の集まりにはしゃいでいたせいもあり、息を切らしてクローゼットに駆け込み、捕まらないよう折戸をバタンと閉めて壊しそうになる。あまり興奮させせないで、うるさいから。と母親である義理の従姉に窘められたのはわたしだった。大人の仲間にも入りきれず、子どもとこうして一緒に遊ぶのはわたしの年齢にふさわしくないのだということを知って、わたしは悄然《しょうぜん》として読書に帰った。分厚いサミュエル・P・ハンチントンの *The Soldier and the State*（『軍人と国家』）を読み通したのは、他にすることもないこの春休みのお蔭だった。

旅先でもしわになりにくいということで持っていったウールのジャケットとワンピースを着ていたわたしは、アジア人のしかも女ということもあって、はじめ物珍しげにされた。彼らがじかに知っている日本人は、男性かそれとも言葉の通じない背丈のちいさな高齢女性ばかりだったから。家族でリゾートに来ているのにカントリークラブにでもいるような窮屈な恰好をしているというのは、よほど「解放」されていない女性に違いない、と感じたのかもしれない。就寝前に部屋着として着るために持っていった黒い絹のガウンの印象がそれに拍車をかけた。あなた日頃からそんなのを着るの？　呆れた声音が隠し切れないコメントはひとりの女性の正直な感想で、わたしは夜のあいだは部屋に籠って居間へ出ていかなかった。

それは、ある種の後ろめたさだったかもしれない。女たちの連帯に加わっていない自分への。煙草の仲間にも加われず、髪をラフに束ねたパーカー姿でソファの上に胡坐を組むこともできない。もっとアメリカンに、陽気でさばさばした女性像を演じるべきだったのだろう。だが、己を欺くことはやはり難しい。結局、わたしはこの二十年間というものアメリカ化することはなく、異国の女性のままだった。そして、そういうものとして皆に受け容れられていった。

結婚は一回しかしたことがないから、他所の事例は分からない。ただ、いまとなっては異文化や異言語は物事を相対的により難しくした一つの要素にしか過ぎないことが分かる。若い女性であるということが、わたしにとって一番の困難だった。

男性は、良くも悪くも放っておかれる。学校でクールに見られたいとか、女の子にもてたいとか、スクールカースト的な立ち位置であるとか、そういう難しい物事と男性が無縁なわけではない。それはそれで熾烈な競争と緊密な人間関係の構築を要する。若い男性がまず直面する問題は、集団における仲間作りと、権力構造にどう従うか（あるいは上に抗うか）という自身の存立をかけた課題だろう。

女性は男性ほど熾烈な権力構造がない代わり、どのような相手であるかを問わず、常に見られていることを意識している。どう見られているかを自ら積極的に探り出し、それを素早く内面化しようとする。女性の多くが男性よりも物事を察知する能力が高いのは当然だろう。物心ついたころから一生かけてそれをやってきているのだから。説得の技法には、前にも述べた共感が関わっているが、女性はそれを駆使して幼少期から周りの説得に努める。彼女たちなりに許された影響力を確保するために。

母性や女性論についての古典的エッセイを書いたアメリカの詩人、アドリエンヌ・リッチは、あの知性溢れるヴァージニア・ウルフの口調にさえ、どこか苦心している感じ、躊躇《ためら》いが滲んでいると指摘する。それはアドリエンヌ自身の感じている躊躇いでもあった。努めて平静で、距離を置いたものの言い方をすることで、男たちに受容されたい、魅力的にさえ見えたいと思っているヴァージニアの心性を、アドリエンヌは共感とともに指摘する。

次の一文がまさに本質を衝いているだろう。「ヴァージニア・ウルフは女ばかりの聴衆に語っている。でも彼女が痛いほどに意識しているのは——つねにそうだったが——、男たちにも話が聞こえてしまうことだ」。

知を解さない人や敵対的な人びとではなくて、むしろ朋友であり、師であり、親しい家族や恋人であるような、そんな男性たちこそ、女性に大きな影響を与える。彼らは当然に、自分たちは評価を下す側であると思い込んでいる。女性は他者の眼差しを意識するが、その両者の関係は相互主義ではない。

絶え間なく評価を下しつつ、それでいて自らは一歩も動こうとせず、己の言語表現に置き換えてしか相手の言葉を咀嚼できない他者の眼差しに晒され続けることで、ヴァージニアの言葉は磨かれた。彼女の文学は、そのような自己研鑽を経ていない多くの人には到底追いつけない客観性の高みにあったのだが、だとしても、彼女の苦しみは本当に必要だったのだろうか。それをいま、わたしはどちらとも言えず分からないでいる。

果たして男が、「自分が話していると女にも聞こえてしまう」ということに悩んできただろうか。つい最近まで、そのようなことは起きなかった。いま社会の要職にある高齢の男性は、懸命に「自分の言葉が女たちにも聞こえてしまう」問題に対処させられている。しかし、男たちは自らを客観視することや客体となることに慣れていない。そのため、まずは話に前置きを置くことを覚えた。「このようなことを言うと炎上するかもしれませんが」「不適切と言われるかもしれませんが」――ではなぜ言うのだろう。それに少しくおかしみを覚えつつも、わたしは彼らの心理を頭では理解する。自分こそが主体であるという感覚、その立場を抜け出られないのだ。

だが、当然ながらそのような前置きの適応レベルでは到底足りることはなく、失言報道に続く反省とパージとが社会では繰り返されている。世代交代が瞬時に起きて人口がそっくり入れ替わってしまうなどということが起こらない限り、この「見せしめ」は続くだろう。こうした風潮を歓迎する気持ちが女の側にあることはよく分かる。ただ、これまで極端な表現においては「女は存在しない」と言われ、客体であり、また主体であることを否定されてきた女が、男も客体となることを強要するのに情熱を傾けるというのは、報復的な怒りの感情を措《お》くとすれば一体何なのだろうか。

「お前が何を意図し、どう感じたかは問題ではない。私たちがどう受け止めるかが重要なのだ」——例えばこうした表現には、数の力を持ち、主流であることを恃んだ主体性の模索という自家《じか》撞着《どうちゃく》が見て取れる。自分自身がどう感じるか、物事をどう視たか。それを基準として考えを述べることは主体性の発揮である。しかし、「私たちがどう感じるか」というのはまた違うことを意味する。客体的な外部視点の集大成として主観を形成する人々が、他者にその判断結果を押し付けるとき、そこに個々の主体性は存在しない。男が女に同じような判断尺度を押し付ける場合も同様である。

だから、男と女について論じることは、本当は見かけほど容易いことではなく、実に難しいことなのである。例えば、「女性は長らく男性の所有物と見做され、金銭や家畜を対価に取引可能な存在として歴史的に位置づけられてきた」と述べることは正確な表現だろう。その実例はいくらでも挙げられるし、法制度と社会慣習の歴史を紐解けばただちに跡づけることができる。だが、男性優位社会とは何であったか、という視点で過去の歴史を再構成することはできても、ではわれわれ（女）とは一体何なのかという問いに答えられぬ限り、そこから一歩も先には進めない。男とは何かという問いもいまでは同じ運命にある。

このことをわたしが痛切に感じているのは、戦争を著作の題材として扱ってきたからだ。文化人類学や歴史研究の蓄積によって、資源をめぐり集団間の紛争が起きるインセンティブ構造は説明できる。平穏な地域もあれば、戦闘を繰り返す地域もある。環境により集団の行動や性質は変わる。政体や社会を作る前の人類、つまり「自然状態」における人間が何であるか、という問いにはあまり意味がないのである。意味がないだけでない。自然状態という状態が何であるかをわたしたちは知り得ない。同じ種を殺す人間というものの存在を解明することは、個々の紛争を説明する作業とは別次元にある。紛争は説明できても、人間存在についてはそうであるということしか把握できない。したがって、フェミニズムが歴史的な記述と分析を終えて思想に転じれば、女とは仮にこうである、男とは仮にこうである、ということを前提としてしか成り立たなくなる。だが、わたしたちは女が何であるか、まだ分かっていないのだ。

　現代という時代を見ていると、女がいままで味わってきた客体化による困難を、むしろ規範化して社会全体に拡げようとしているのではないかとさえ思うときがある。例えば、長年にわたり多くの国が姦通罪を妻にのみ適用してきた結果、男女同権が進むと却って反動が生じた。現在の日本では、不倫は男女問わず激しい社会的制裁の対象となっている。女は男の物質的な財産でなくなった代わり、婚姻は相互の性行動の束縛権とそれが損なわれた際の懲罰・求償権を意味するようになった。結婚というのは自由な個人同士の対等な繋がりではなくて、相手に対する己の権利を守るための制度として見なされているようだ。当事者や法の定めを飛び越して、世間や大衆的メディアが掟に背いた者に「焼き討ち」をかけて回っているのも、どこか先祖がえりを思わせる。

　つまり、長年の闘争の末に解放されたはずの女性たちは、どうやら客体であることからの自由を手にしていないようなのである。女たちの社会の掟は書き換わりつつも維持され、男性をも対象範囲に取り込んで拡大している。自立した女を危険視する類の男たちの攻撃から逃れるために、嘗《かつ》て女が求めたのは「理解ある伴侶」だった。男性の伴侶の代わりに登場した新たなる庇護者が女性的社会なのだとすれば、それは幾分か危険を含んでいる。女性が何であるかが欲望や衝動によってではなく規範的に定義され、それに全ての人が絡めとられてしまうかもしれないからである。こうした変化を先駆者たちは予期していたのだろうか。

女が連帯する、というのには不思議な魅力がある。女同士で会えば、それが初対面の相手であったとしても友愛の情はすぐに表に出てくる。相手の話に耳を傾け、何を欲しているかを悟ってなるべく相手の望みを叶えようとする。そして相手の話の遺漏部分も、あまり指摘することなくやさしく許してしまう。円滑に、円滑に。男性との間ではそうはいかない。はじめに警戒心があり、相手がどういう人間かを見定めなければならない。

「女たちの連帯」から遠ざかって生きてきたのは、男性社会に交わって男のように仕事をするためではなくて、自分自身でいるためだった。あの絶え間ない観察とおしゃべりと自らを客観視し位置づけようとする客体としての「女」の存在がどうも己の姿に似過ぎており、近過ぎるからだ。女からも男からも一定の距離を取っておくことが、わたしにはどうしても必要だった。

所謂「男」にはならず、女であり続けながら庇護者を求めないという生き方は難しい。予め分類されたボックスの中に収まった方が楽だからだ。男性には、誰かの所有物であり傀儡《かいらい》であるという疑いが降ってくることはない。しかし、女はむしろその「所有者」が明確でないことが社会に不安を呼び起こす。あるいは逆の事例もある。

君は独りでいる方がいい。男に所有されるのは君には似合わない。ある友人にそう助言されて、わたしは危うくその人と仲違いしそうになった。独りでいることに異議を唱えたのではない。そこには誰のものにもならないというわたし本人の意思ではなくて、そうあってほしいという他者の願望に寄り添うことへの勧奨があったからである。だから、わたしは誰のものでもないと見做されることさえも嫌なのだった。

ミューズという言葉がどこか使いにくいものとなり始めたのも、今世紀に入ってからだろう。ミューズは憧れを寄せ、見られる「対象」だからである。その眼差しはいつしか、どこか不快な過去の記憶となった。ミューズであるというのは、他者の基準でジャッジされることである。何が悪いかではなく、何が良いかという基準をもってして、理想を投影されること。しかし、そのような理想が実体であったことはない。そして、いずれ現実とのあいだで不協和音を立てはじめる。こうして、写真家にとってのモデルが、映画監督にとっての女優が、男性作家や詩人にとっての恋人が、それぞれ大っぴらにミューズであった時代が幕を閉じようとしている。

ミューズでありたい女性たちが大勢いたのは確かだ。それが単なる妻や恋人よりも一段特別な存在だったからだ。ジュリア・ロバーツの主演した映画「ベスト・フレンズ・ウェディング」ではその揺らぎが描かれている。ジュリアが演じた主人公を一言で表すとすれば、大きな肩パッドの入った現代版の女神、である。野球観戦をしながら少し下品な冗談を自ら飛ばすことのできる女。自分勝手で、自由人で、一途で、結婚に夢など持たなかったはずなのに、それでも土壇場で自分から求婚する女。

最終的に男は去ってゆくが、それは明らかに彼女との間では自我がぶつかり合い、喧嘩し続けることになるからだ。妻となる女性（キャメロン・ディアス）はありのままの彼を受容し、愛する。この映画では、同性愛者であることをカミングアウトして長らく映画界で冷や飯を食わされてきたルパート・エヴェレットが、実際にゲイの友人として出演しているのも見逃せない。

彼女をもっとも理解してくれている人は、友人にしかなれない。彼女が本当に愛しているのは自分自身なのだから、それも当然なのだ。利己的な者同士のあいだに結婚は成り立たない。ならば彼と多くの時間を過ごす献身的な妻より、唯一無二のミューズでいたい。それが一九九七年の女の欲望だった。

雑誌の編集者たちは、男性たちの眼差しの代わりに「わたしたちのミューズ」という表現を編み出した。女の欲望を扱う人々はとっくの昔に、大事なのは男の評価そのものではなく、自分たちの憧れであり満足であるということを知っていたからだ。わたしが思春期に差し掛かったとき、すでにジェーン・バーキンは「わたしたちのミューズ」の地位を確立していた。その彼女の実像は、村上香住子さんが新著『ジェーン・バーキンと娘たち』で愛惜を込めて描いている。惜しみなく愛を注ぎ、頑固なほど自然体で、そして多数の憧れの眼差しが寄せられる客体としての自己の存在をよく分かっていた女性。ミューズの纏う神性は残っていていい。その喜びと苦しみが彼女をこれほど大きな存在にしたのだから。

女はどうしたら自立できるのだろうか。それは難しい問いで、試行錯誤を重ねるしかない。わたしがアドリエンヌのことが好きなのは、そこには借りてきたものがないからである。彼女は常に自らの苦しみと喜び、それが多くの場合同時に存在していることについて語っている。他者についての観察を語るときにも同じ姿勢を貫いている。評論家めいた眼差しもなければ、目覚めた者として厳かに真理を告げるような謹厳な口ぶりもない。皆、彼女自身が母であること、妻であることと、人間であり詩人であることの闘いの中で苦しみぬいて手にしてきたものばかりだった。

母性の中に、女性性の中に、自ら窒息せんばかりになって、そしてそれでもひとりの人間であろうとして、彼女は筆を走らせる。女を自立せしめるものは強い意思である。

九、恋愛結婚は維持できるのか

恋愛結婚が主流となり、自己の決定以外の必然性が拭い去られた結果として、現代人は恋愛結婚の持続可能性と正面から向き合わされることになった。言うまでもなく、純然たる恋愛結婚が登場したのはごく最近に過ぎない。結婚は長らく機能的なものだった。家事を担い、子どもを産み育て、家格を維持し、求められている役割を果たすことが、夫による妻の立場の尊重と釣り合っていれば、良い結婚だと見なされただろう。生きるために他所で働く選択の余地は少なかったし、正妻という立場は、それほど機能的なものだったのだから。

ところが、恋愛結婚はその前提を壊す。初めの結びつきが、親の言いつけでも誰かに強制されたものでもなく自由意思にもとづいていたという前提がある以上、「この人」を選んだことへの必然性に答え続けなければいけないからだ。共白髪となり二人で作り上げた家族や家を眺めて来し方を思い、互いをねぎらって感慨に浸るためには、過ごしてきた時間がどのようなものであったかということによって、己の決定の正しさを補強しなければならない。

恋愛が終わっても、両者が良い関係にあれば愛着や尊敬は残る。それでも、別の恋愛が生じれば別れる理由の一つにはなるだろう。子どもがいたとしても、育児や教育方針をめぐってつれあいと揉めることはある。結婚と離婚を繰り返すハリウッド女優のようにとまではいかずとも、経済的に自立した女性にとって離婚は十分にありうる選択肢となっている。現に、日本の二十代から三十代の結婚経験者の離婚率は他の年代のそれと比べるとだいぶ高い。

最近では、「三組に一組が離婚する」というような形で熟年離婚の危機が論じられることが多い。それを聞くと、本当に周りの夫婦の三組に一組が定年後に離婚しているのだろうと思いがちである。ただ、これは日本の高齢者に比して若者の人口が少なく、非婚化や晩婚化が進んで人口当たりの結婚率が低いことによる統計的なマジックでしかない。さすがに熟年離婚はそこまで一般的ではない。熟年離婚自体はたしかに昔よりも増えてはいるが、離婚率がより高いのは、男女同権が常識になり定着した世代なのである。

異性を求める気持ちが世代によって変わるとは思われない。結婚しなくても生きていける人が多い以上、上がっているのは結婚というもの自体のハードルだ。そう考えると、恋愛結婚が危機に瀕している理由は、出会いの場が少ないとかキャリアが忙しいというだけではなくて、そもそも互いに対等な個人が自尊感情を維持できるような関係性の構築が難しいというところに原因を求めることができるだろう。

小松左京の小説に『機械の花嫁』がある。「女の役割」の集団放棄が、男の別の惑星移住と機械の花嫁＝アンドロイドとの結婚に繋がっていくというSF作品だが、女は地球にとどまり、機械と男性の労働によって仕送りされる自ら生産しない存在として描かれている。いまであればミソジニストの誹《そし》りを免れないだろうが、一九八三年刊だから男女同権はその頃、お題目からようやく社会に実装される過程にある。

この小説は、一見して男性作家が自己主張しはじめた女にうんざりし、子どもを産んで家事をする以外に価値のない怠惰な存在として見下しているように見える。しかし、もう一歩分け入ってみると、それほど単純な話ばかりではない。小松左京は、人の欲望を学習して奉仕する機械が存在する時代に女性は満足しないが、男性は簡単に満足し、むしろ生身の女性よりも女性を模して「母性」を提供する機械の方を選ぶのではないかという問題意識を持っているからだ。

出産や家事労働がテクノロジーによって代替されてしまえば「女の仕事」

は必要なくなり、いずれ男女双方の利害が一致しなくなる未来が到来するのではないか。彼のこの予測は、一見外れているようにも見える。現代では、「家事育児は女の仕事」という考え方が批判に晒され、労働参加率にも性差がほぼなくなっているからだ。正規社員比率の男女差も十年、二十年後には世代交代によって大きく改善されるだろう。もし自分で出産せずともよく、家事育児負担がテクノロジーによって軽くなるのならば、働く女性の制約は解ける。未来社会において、男性のみがAIやロボットをコントロールすることにはおそらくならない。

だが、男性優位の前提さえ脇に置いて考えれば、小説の示唆するところは大きい。『機械の花嫁』は、ほんとうは男女の欲望の種類の違いについて語っている本だからである。

小説の中では、男性のファルスの誇示と支配の欲望は、優れた機械応答で十分に満たされることになっている。また、男たちは母性的な愛に潜む権力性や気まぐれ、不機嫌などを拒絶し、ロボットによる完全なる受容と奉仕だけを求める。

こうした男性理解は、ニコール・キッドマン主演の映画「ステップフォード・ワイフ」（二〇〇四年公開、原作はアイラ・レヴィン）においても繰り返されることになる。ただし、この映画で女性を遺伝子操作しロボットにする「男たちの陰謀」の隠された首謀者はむしろ女性であり、街の顔役の妻、クレアだ。

女の理想郷を作り上げるために変えなければならないのは女であり、男は遺伝子操作せずともロボットを与えておけば満足するだろう。少しドキッとするような仮説である。それでも、クレアの夫であるリーダー格の男性だけは例外であった。彼は実は生きた人間ではなく、ロボットであったことが判明する。生身の人間であったときに夫が犯した不貞行為をクレアは許せず、その場の激情に駆られて思わず殺してしまう。そして、自身の遺伝子工学研究者としての英知を結集し、「完璧な夫」を作り上げたのだった。このストーリーは、自分が愛する男だけはそれにふさわしいものとして育て、制御したいという女の欲望を言い当てている。

ではなぜ、そのような才能を持ったクレアはステップフォードの妻たちと結託して男の方をロボットに作り替えなかったのだろうか。女がみんなでダイエットしたり髪をセットしたりするのを止め、研究や仕事に没入し、料理を作らず部屋を散らかしていても優しく献身してくれるロボットに。

それは潜在的な女の欲望が「こう見られたい」「こうでありたい」にあるからだ。相手のロボットが満足しているように見えても、自分は誤魔化せない。だから、時には多くの女性が苛々しながら手をかけた料理などを作る羽目になる。できないことに対して、無力感に襲われる。

女性が自分自身だけでなく他の女に対しても厳しいのは、よく言われる嫉妬によるものだけではなくて、そうした理由にももとづいていると考えられる。女性は概して、同じ女性に対してはまるで自己の延長のように努力を求める。例えば、母親は息子には甘いが、娘には数々の美徳を求めがちだ。この対応の違いは、「自分はこういう存在として見られなければならない」という外部視点を規範として内面化していることと繋がっている。

クレアは、それを具現化することこそが最大多数の最大幸福であると思い、女性たちを作り替えたのである。

そう考えると、小松左京の男性観も、「ステップフォード・ワイフ」の女性観も、なかなかに優れていることが分かる。もちろん、結婚相手がロボットで寂しくないのだろうかという疑問が生まれることも確かである。自分がリモコン操作でスイッチを切ることができる機械を相手に欲望を満たして、それで満たされるのだろうか。ステップフォードの場合、主人公のジョアンナはまさにそれを夫に問いかける。あなたがそのスイッチを押してしまったら、この私はいなくなるの、それであなたは本当にいいの？　と。

現実の世界と判別がつかないほど仮想現実に埋没するための技術は日々進歩している。男性はそれで埋めきれない孤独を仲間内での連帯意識で埋め合わせることができるだろうし、女性にも仲間内の楽しみがあり、子どもを持てば少なくとも一時的にはパワーを持ち、愛に浸る実感を持つことができる。ただ、世の中にはそこに納まりきらないエネルギーが注がれる、数々の恋愛が存在する。それが結婚の形を取って持続可能なのかどうかは別として。

人は恋愛を夢想しがちである。若者は、きわめて安直に手近なところでときめこうとするし、大人たちも例外であるとは言えない。富岡多恵子は松本清張の小説『波の塔』を解題する「恋愛という犯人」という小品で、「世に青春といわれるころの、人間の若い恋愛は、だいたい発情であるから、そこにコトバはない。そこであらわれてくるコトバは発情のいいわけか叫び声である」とし、「恋愛は、どちらにしても、精神と肉体の発情であり、ただ若い恋愛には肉体の発情が先行するだけである」と述べている。慧眼ではある。だが、彼女のいう恋愛の定義に従えば、恋愛結婚などというものは継続し得ない、あるいはそもそも形容矛盾になってしまう。結婚こそが恋愛の終わりなのだから。

否定しがたい事実は、多くの人が生殖以外の何かも同時に求めているということだ。富岡のように、それは肉体や精神の発情でありすなわちエロスであると喝破してもよい。けれども、キリスト教圏の影響か、日本の結婚にもしだいに母として主婦としての役割以外の、男女の一対一の精神的な結びつきを重んじる考え方が移入され、浸透してきている。そこでは、性愛と精神的かつ物質的な結びつきである結婚が合一すべきだということが、まさにキリスト教と実用主義を合体させた信念として固く信じられているのである。

その観点からは、性の欲求が起こる脳内のメカニズムを自ら理解してしっかりと制御し、それを夫婦に当てはめて「愛による結婚」の中で各々の役割を健全に演じなければならない。性愛さえも鋳型に嵌められてゆくのは、あまり古来の日本的な考えとはいえないのだが。そして、その風潮が女性の側の利益を叶えるものだともさほど思われない。

理想としては、やはり多くの人が、唯一無二の存在として愛されたいと思っている。世界の中心で二人だけが向き合った関係において本当に不安が解消されるならば、それに越したことはない。けれども、そんな関係を手にするのは決して容易いことではないし、既に述べてきたとおりそれは自己複製に過ぎないのかもしれない。そのような幻想に満ちた結婚のうえに「正しい性愛」まで荷として乗せることは、まるで破綻してくれと言っているに等しい。

全ての観点において望ましい相手と結婚できるとは限らない。一方が満たされているが、もう一方の犠牲と沈黙ゆえに成り立っている婚姻もあろうし、途中からそんな全てを相手に期待することを止めてしまった夫婦関係もあろう。結婚では満たされない恋愛をずっとどこかに追い求める人も少なからずいる。

不倫や浮気は、そうした愛を手にできていない人のための第二市場なので、大変に混雑する。多くの人は完全に満たされてはいないからである。「理想の愛」を手にできない悲しみは深い。しかし、それによって自らの人生を破綻させるのも怖い。その一歩手前で、孤独な人々は互いに歩み寄り、自らの不安を交換し合うのである。

代替物が横溢するのは、それが代替するまるで神話のような「愛」が求められているからだろう。「愛」は言い訳の言葉としても成り立つ。人々がつれあいの不実に厳しく、己の不倫に甘いのは、それが恋愛であるという真っ当な言い訳が存在するからだ。夫は妻に、結婚からの許しがたい逸脱である性愛の片鱗を見る。妻でも母でもなく、女である存在に夫たちは厳しい。妻は、つれあいの中に我が夫、子らの父として相応しくない暗い欲望を見、あるいは張り巡らされた女の誘いにまんまと釣られていくばかさ加減を思う。だが、己の姿がどうであるのかについては、常に二重基準が適用されるのである。

人々は芸能人の不倫報道などを見るたびに反応し、声高にそれを評論し合う。声高な人々が求めているのは正義の鉄槌が下ることで、それは愛への渇望がまた公に否定されたのをみて、自分もまた傷つき痛みを覚えているからである。

地上であまねく愛が信じられていれば、不倫の報道を見ても人々はぽかんとするだけだろう。男女二人の真の愛が信じがたく、またそれが渇望されているからこそ、会ったこともない人の不倫に傷つく。

浮気が起きる理由を説明するのは難しいことではない。それよりも愛を説明する方がよほど難易度の高いことだから、わたしたちは愛を先に理解しなければならないのである。

十、　恋愛とその先

相手の真意を知ることが、必ずしも幸福をもたらしてくれるとは限らない。先日、或る女性がしみじみと言ったことがあった。交際相手が都合のよいときにしか連絡してこず、そして自分に暇や機会がある時には、まるで相手を急き立てるかのように必死に会おうとするのにいままで辛抱強く付き合ってきたが、よく考えてみればずいぶんと身勝手なことではないかと。

話を聴きながら、わたしはここ何年にもわたる彼女との会話を思い出していた。その度ごとにわたしとしては理不尽だという気持ちはあったのだけれど、恋をしている彼女の双眸《そうぼう》の輝きが愛おしくて、口を出そうとは思わなかった。そして、今日この瞬間に、彼女の「恋愛」は名実ともに終わったのだなと受け止めた。

その人は長年、そうやってひとりの男性に振り回されてきたのだった。恋愛というのは、必要な時にスイッチを押せばライトが点いて機能するようにはできていない。相手との関係が一方的かつその場の不安の解消にとどまるならば、膳を与えられ空腹が満たされれば振り返ることもなく食事の席を立つように、その時々でしか相手のことを考えないだろう。その一椀が、自分の精神を満たすために与えられたものであると気づかない限り、相手のことを本当に大切に思いはしない。

彼女に限らず、一般的に、愛の存在が示されたと女性が感じる一つの分かりやすい形は「生存確認」だろう。己の安心を得るとともに、相手に聞くべきこと、気にかけるべきことについて配慮しているかどうか。前述の女性は、相手からの連絡がそうしたものを満たしておらず、必要なときにのみ、まるで机の抽斗《ひきだし》を開けるように自分の存在が求められるということを理解しかねて苦しんでいたのである。

女が求めている愛情の基本動作は、友情からさほど遠いものとは思われない。それなのに、友情ほどにも報われない関係になってしまうのはなぜだろうか。男性が友を自らの誠や信義を表する対象と思う一方で、恋人を己の欲望そのものと同一視してしまう癖を、何世紀にもわたって身に付けてきたからかもしれない。

男が恋人を抽斗の中に入れてしまうのは、自らの情動と、その対象である他者を分別できていないからだろう。父親は息子に己の欲望やその場の衝動に惑わされないように、と教える。男性たちが創り上げた古典作品の中では、望ましい魅惑的な女性はいつも彼らを破滅に導く者として描かれてきた。それは、要求に従わない聖人を殺しその首に接吻するサロメであり、激しい嫉妬のあまり逃亡中の友を匿っている男の隠れ家を暴き、結果、彼らを死に導いてしまうトスカである。それこそ、挙げだしたらきりがない。つまり、女性が自分の気を散らさないよう、女の度重なる要求には抗するように、と男は教えられるのである。

たしかに、若い頃の男性の情動には気持ちというよりも身体的な欲動が先立つだろうから、自己規律を課すことには理由がないではない。ただ、男女に生物としての違いは残るとしても、両性が対等になった時代にこの教訓が似つかわしいとも思われない。あるいは、両者の綱引きのバランスは変わってきているというべきだろう。養われているわけでも庇護されているわけでもないのに、利己的な男性と付き合い続ける意味が女性にはないからだ。女が軽んじられたと思えば、関係は持続不可能である。

そのときは突然にやってくる。懸命に繋がろうとして連絡し、心を込めて感情を事細かに表現し、彼への愛情を示し続けた後に、どんなきっかけでもいい、その人なしでやっていけるということに女性が気づいてしまえば、その途端に関係性は変わってしまう。女性は己の執着を認める。愛していたと思ったものが、眠りを繰り返すことで脳内の記憶として定着し馴染ませていった、瞼《まぶた》の裏の残像に過ぎなかったことを漸《ようや》く悟るのである。

女の献身は、「お前はこうであらねばならない」と繰り返し囁き続ける波の音に女性が耳を傾け、それをずっと聴いているのに似ている。自分と男とのあいだに存在する深い溝を見ずに目を瞑り、ずっと波打ち際を歩いていこうとする。女が会話しているのは、果たしてその人とだろうか、それとも自己との対話だったのだろうか。ふと気づくと男はいなくなっている。波だけが囁き続けている。実像としての男は、さざ波の音を聴きながら瞼の裏に結ばれたイメージとは異なる。

女は立ち止まる。そして辺りを見渡す。こうして独りで風になぶられる松林のざわめきを、早起き鳥の鳴き声を聴いている方が本当なのではないか、ということに気がつく。そこではじめて、女はひとりになる時間が、空間が重要であることを理解するのである。

男性的な言葉を選んで言えば、瞼の裏に結ばれた像は「解釈」である。世の中に対する解釈の一環として、恋人をある存在として「解釈」している。例えば、男性が定義する「最愛の妻」「魅惑的な恋人」というものは、解釈であって女性本人のことではない。同様に、女性にとっての解釈である「私の愛する人」というのも、男性本人のことではなかったのだろう。

わたしたちは複雑な生命体であり、外界からの干渉によって日々変化する生き物である。中でも脳内に蓄積された記憶は、事実の詰め合わせというより解釈の堆積としてわたしたち自身を形作っている。

だから、人間は変わるのだ。こうであらんとして思い定め続けることで、その人格すら衣服ではなく肌のようになることがある。風貌すら変わっていく。時折、二十代の頃の自分の写真を見ると、これはわたしではないという思いに取り憑かれる。勿論わたしだったのだろうけれど、どこか人形の絵姿を見ているようで、よく知らない人、という感覚である。漸く、四十代半ばにして己を血肉として手にした気がするのは、成熟だけでなくその折々の自分というものがあるからだろう。

恋がはじめの性急さを失い、穏やかな関係へと変遷した頃に、わたしたちは記憶と現実との齟齬《そご》に悩みはじめる。多くの女性は、男性と近しい関係となることで愛着が増し、情愛に発展するので、相手が落ち着くと、心身ともに自分が持ち出しになっているのではないかという不安に襲われがちだ。たしかに、男性は初期の興奮が落ち着くと相手に対する観察と関心が低下し、楽観的で落ち着いた関係を求めがちになる。

だが、そのときに彼女が目を背けているのは、自らも恋の終わりを迎えたという事実に他ならない。恋は続く必要はない。終わってよいのである。むしろ、それを認め、パートナーに移行するならば、感謝や思い遣り、あるいは普段の何気ないよき体験によって、すでに過去のものとなった記憶を補強し続けることが必要だ。

　恋の終わりに落ち着いて向き合うことができれば、愛情によって互いを思い遣る関係を育むことはできる。そうでなければ、ほとんどの言動には意味などないのに意味づけを見出し、相手に何やかやと世話を焼き、いつしか手応えの乏しい相手の見せるひとつひとつの反応とその解釈に依存する精神生活を送るようになってしまう。若い頃の恋愛などはこの手の展開を辿りがちだ。「付き合う」という選択を両者がしている時点では、様々な点に関して相互諒解が成り立っていないのに、急にまるで伴侶のように振舞うため、齟齬や矛盾が生じることになる。

　さらに、女性が「愛される者」として以外の自己表現を求めるようになると、男女が連れ添うことはまた別種の試練を伴うようになる。愛されるためだけにする努力が自然と減り、しかし、愛されることへの欲望は底に埋《うず》めたまま消えずに残る。「あなたの理想の女になりたい」と「ありのままの私を愛し尊重せよ」のあいだには懸隔《けんかく》があるが、その両者をいとも簡単に架橋してしまうのが「私は必要とされている」という認識である。「必要とされること」を女はなかなか手放そうとはしない。本来、他者に必要とされることの喜びや生きがいは男女を問わないのだが、女の場合はそれが他者の外部視点の内面化と自己表現とを繫げるものとして使われるために、より複雑になる。

あなたは私を必要としているはず――既視感のある表現だ。そう、これは母性が子どもの段階的な自立によって試練を受けるとき、大多数の母親が味わう気持ちに他ならない。多くの母親は、そのような気持ちを抑圧して子どもの自立とともに関係性を遷移させた愛へと転換していこうとする。「あなたが立派に巣立ち、元気に活躍していることが私の喜びである」という風に。

ところが、血を分けた子どもに対する愛と異なり、男に対する愛はその人を愛することに必然性がない。母性愛は対象がそもそも選択的であるところにその特徴があり、相手が当然に愛し護るべき存在であると認識されない限り持続しない。だから、伴侶に愛され続けている、あるいは必要とされ感謝によって報いられていると感じられない限り、関係に満足することは難しい。

しかし、そのような本来選択的に発揮される母性と、女性特有の対人関係の柔軟性や機敏な反応、気遣いとを、多くの男性はなぜか混同し、取り違えてしまう。恋愛や結婚においてひどく相手を傷つけた時、あるいは強引に取り結んだ性的関係において、許してもらえる一線を踏み越えてしまったことになかなか気づかないのは、それゆえだろう。「自分が特別である」という主観と、「相手にとっても特別な存在である」という客観を峻別できないのである。

多くの男性は周りの女性、あるいは一度も会ったことのない女性まで含めて、手当たり次第に女に母性を求めるのだが、それは女性からみると永遠の謎のようである。

母性は自身の母親から与えられるもの。幼児であったころのその人が嘗て母にそうしたように無条件で相手を愛することもなく、自然に他者から得られるはずがない。しかし、受容によってもたらされる心地よさ、という男性側の感覚が同一であるがために、その違いを峻別できず、つい判断を誤ってしまう。

それゆえに、母性の存在仮説によるバイアスが、ありとあらゆる女の仕草、メッセージの読み込みに付き纏うのである。女が与える親切には理由がある、つまり自分が彼女に受容されているからだ、と男性がすぐに思ってしまうのは、利他の視点がないからである。自己を中心におくものの見方からは、利他的な言動に出逢っても、「己の意思が通った」としか目の前の事象を理解しないのだから。

物事をさらに複雑にしているのは、女性の側にも他者を魅了しようとする傾向が少なからずあるからだ。全ての女性がそうする、と言いたいわけではない。「女性性」の中に、もともとそういう素質が含み込まれているという表現の方が正確だろう。他者に望まれることへの欲望、それによって命を輝かせたいと思うような衝動があれば、その素質が形成されやすくなる。

ひたすら恋に生きようとしただけなのに、王党派と共和派の内戦にまで踏み込んでしまったトスカの激しい嫉妬と情熱は、彼女のファム・ファタール性を象徴している。恋人である画家、カヴァラドッシはナポレオン一派のアンジェロッティが幽閉中のサンタンジェロ城から脱獄したのを密かに匿うが、浮気を疑ったトスカはスカルピア警視総監の手による追跡があることを知らぬまま、自ら居場所を突き止めてしまう。

スカルピアははじめ、カヴァラドッシの拷問によってアンジェロッティが井戸の中に隠れていることをトスカから聞き出し、続いてカヴァラドッシを助命する秘密の命令書を書くことと引き換えにトスカを犯そうとする。トスカは咄嗟に食事用ナイフでスカルピアを刺殺し、牢にいるカヴァラドッシに面会した上、「偽装銃殺」に立ち会う。空砲だと信じて疑わずに駆け寄ると、すでにカヴァラドッシは息絶えていた。ファルネーゼ宮殿ではスカルピアが殺されているのに気づいた追手がトスカを追う。彼女は悲嘆に狂いながらサンタンジェロの塁壁から身を投げて死ぬ。このうえない悲劇だが、至上に美しい。全ての主要な登場人物を死に至らしめるのは、彼女の情熱である。

脆弱性を認めた相手を捉え、己の望む道筋、「運命的な恋愛」を歩ませようとする影響力の発揮において、おそらく女は男よりも優れている。それゆえだろうか、「男性性」の中には手当たり次第に母性を求めに行く積極性だけでなく、好意を示されたと思うと、つい相手のことを好きになってしまうという受動的な素質も兼ね備わっていたりする。古から続く、「母性」や「魔性」をめぐる偏見は男の無力さの表明でもあり、そしてその大いなる力に対抗するための抵抗であり支配欲の発露でもある、というわけである。

だから、恋というのは選び取られて意図的に落ちるものであると同時に、状況依存的なものでもある。そういう二人が互いに相手を選び、道行《みちゆき》をするのだから。

トスカに限らず、古今東西の文学作品や演目で恋愛が成就し、昇華して行く先は死と決まっている。現実世界もそれでは困るので、あちらの世界とこちらの世界を行き来することのできるそうした演目が好まれるのは、そういうことだろう。心身の叫びを残したまま、生きてゆくわけにはいかない。そのような逸脱を取り締まり、タガをはめようとするのが社会であることを人々はちゃんと分かっている。だから、昼には不倫のために芸能界を干された女優のニュースを見て、まあ当然だと嘯《うそぶ》き、夜には道ならぬ恋を歌ったオペラの観客として涙を流す。

先日、日本橋三井ホールで柳家喬太郎師匠の「おせつ徳三郎」を聴いたが、実に美しかった。様々なバリエーションがあるが、これはすっと手に手を取り合って大川に飲み込まれて心中する。その一瞬のあわいに、観客の声にならないため息が聴こえるようだった。余韻を残したまま黙ってエスカレーターを降りてゆくと、ややあって、娘が言う。あれはほんとにあった話っていうより、きっとおせつさんに一緒に死んでほしいと思った男の願望を描いた噺だわね。

時々極めて現実的なことを言うものだから、こちらも緊張が解けて笑えるのだが、たしかに、徳三郎が刀屋に駆け込んだときに思い定めていたのは、おせつを殺すということであった。恋というのは事程左様に危険なもので、落ち着きのある結婚などとは相性が悪いから、いったんは嵌《は》まってもだんだん鎮めてゆく他はないのだねという話などをした。

そうやって、わたしがどんなに娘に色々なことを伝えたくとも、おそらく人間に、ことが起こる前に知識を与えることはできない。言葉による知識だけでは示されえないものが世の中にはあるからである。

――大店のお嬢さんが手代といい仲になってしまい、親に引き裂かれて言いつけ通り他の男と婚礼を挙げそうになるが、やはり無理、と花嫁衣裳のまま逃げだしたところ、報せを聞いて激昂し、婚礼に乱入して無理心中しようと刀を買いに行って店主に逆に説教された手代と橋で会って、あの世で一緒になろうと身を投げる――。「おせつ徳三郎」を一文で示せばこうなるが、それでは何も分かったことにならない。疑似にせよリアルにせよ、身体的な体験を欠いているからである。

問題は、死なずに恋が終わったその先である。

十一、居場所を求めて

現代の女は離婚をしても「居場所」を失うことはない。昔ならば事情は相当違ったろう。三行半《みくだりはん》を突きつけられ、或いはひとり覚悟をして子どもを置いたまま、女こそが家を「出る」側であり、そして離縁の先の居場所は運がよくて実家、さもなくば行く末の当てもない愛人の許《もと》。最終的にはどこか住み込みで女中や仲居さんをするしかなかった。

樋口一葉の『十三夜』は、いったんは離婚を決意した女の揺らぎを描いた作品である。まるで幸せを絵に描いたかの如く、艶やかに結い上げられた大丸髷の瑞々しさとは裏腹に、阿関《おせき》が悄然《しょんぼり》と帰っていく家も、寝たまま母の帰りを待つ長男太郎も、彼女のものではない。

——御父様《おとっさん》私は御願いがあって出たので御座ります、何《ど》うぞ御聞遊《おききあそ》ばしてと屹《きっ》となつて畳に手を突く時、はじめて一トしずく幾層《いくそ》の憂きを洩らしそめぬ。

父は穏やかならぬ色を動かして、改まって何かのと膝を進めれば、私は今宵限り原田へ帰らぬ決心で出て参ったので御座ります、勇が許しで参ったのではなく、彼《あ》の子を寝かして、太郎を寝かしつけて、最早あの顔を見ぬ決心で出て参りました、まだ私の手より外誰れの守りでも承諾《しょうち》せぬほどの彼の子を、欺《だま》して寝かして夢の中に、私は鬼に成って出て参りました、御父様、御母様《おっかさん》、察して下さりませ私は今日まで遂いに原田の身に就《つ》いて御耳に入れました事もなく、勇と私との中を人に言うた事は御座りませぬけれど、千度《ちたび》も百度《ももたび》も考え直して、二年も三年も泣尽くして今日という今日どうでも離縁を貰《もろ》うて頂こうと決心の臍《ほぞ》をかためました、何うぞ御願いで御座ります離縁の状を取って下され、私はこれから内職なり何なりして亥之助が片腕にもなられるよう心がけますほどに、一生一人で置いて下さりませとわっと声たてるを噛《かみ》しめる襦袢《じゅばん》の袖、墨絵の竹も紫竹《しちく》の色にや出ると哀れなり。

——樋口一葉『十三夜』青空文庫より（現代仮名遣い、新漢字に改め、ルビを追加した）

自ら見染め、無理を押して請い受けたはずの妻に飽いた夫から、酷《むご》い仕打ちを受け、子どもの乳母代わりに置いてやっているに過ぎないなどと悪しざまに言われては虐め抜かれ、女中たちの前でも妻を貶して軽んじるのを、阿関はとうとう耐え切れずに金輪際戻るまいと思い定め、太郎を寝かしつけてから家を飛び出たのであった。

それを聞いた母は、まあよくぞそんな仕打ちを娘にしてくれるものだと激怒し、このまま離縁させて引き取ろうとするが、父は踏み止まる。日頃から温和《おとな》しく忍耐強い娘の、何年越しもの告白に衝撃を覚えつつ、短慮を諫めた言葉は以下のようである。

——愁《つ》らかろうとも一つは親の為弟の為、太郎という子もあるものを今日までの辛棒《しんぼう》がなるほどならば、是れから後とて出来ぬ事はあるまじ、離縁を取って出たが宜《よ》いか、太郎は原田のもの、其方《そち》は齋藤の娘、一度縁が切れては二度と顔見にゆく事もなるまじ、同じく不運に泣くほどならば原田の妻で大泣きに泣け、なあ関そうでは無いか、合点がいったら何事も胸に納めて、知らぬ顔に今夜は帰って、今まで通りつつしんで世を送って呉《く》れ、お前が口に出さんとても親も察しる弟も察しる、涙は各自《てんで》に分《わけ》て泣こうぞと因果を含めてこれも目を拭う——（前出と同様）

父は、こうして涙に暮れていながらも嫁して七年、ふと気づけばいかにも大家の奥様然とした娘をまざまざと見、再び粗末な木綿を着せ、身の程知らずの結婚の末はこれよ、鬼母よと世間から後ろ指さされながら、冷水で手を赤ぎれさせて働かせるのは忍びないと呻吟《しんぎん》する。弟が定職にありついたのも、夫の原田さんの御威光のお蔭である。そのうえ、離縁したら太郎とはもう一生会うことさえ叶わないだろう。それでもよいのか、原田家の嫁として泣きながらも太郎の母でいるのか、それとも太郎に会えぬ不幸を抱えて、ただの貧乏人の娘に戻るのかと問うのである。

——阿関はわっと泣いて夫《そ》れでは離縁をというたも我ままで御座りました、成程《なるほど》太郎に別れて顔も見られぬ様にならば此世《このよ》に居たとて甲斐もないものを、唯《ただ》目の前の苦をのがれたとて何うなる物で御座んしょう、ほんに私さえ死んだ気にならば三方四方波風たたず、兎《と》もあれ彼《あ》の子も両親《ふたおや》の手で育てられまするに、つまらぬ事を思い寄《より》まして、貴君《あなたさま》にまで嫌《い》やな事をお聞かせ申しました、今宵限り関はなくなって魂一つが彼の子の身を守るのと思いますれば良人《つま》のつらく当る位百年も辛棒出来そうな事、よく御言葉も合点が行きました、もう此様《こん》な事は御聞かせ申しませぬほどに心配をして下さりますなとて拭うあとから又涙、母親は声たてて何という此娘《このむすめ》は不仕合《ふしあわせ》と又一しきり大泣きの雨、くもらぬ月も折から淋しくて、うしろの土手の自然生《しぜんばえ》を弟の亥之が折て来て、瓶にさしたる薄《すすき》の穂の招く手振りも哀れなる夜なり。

——（前出と同様）

徒《いたずら》に美しく生まれたがために、身分不相応の結婚をして虐め抜かれ、毎晩布団を涙で潤し、夫の侮蔑に奥歯を噛みしめながら唯々子どものために生きていく。そんな不幸を一身に背負って、阿関は帰る。車を拾って、物思いをしながら家へと向かうが、そんな折も折、会話があって、車夫をよくよく見てみると、なんと十七で原田に見初められるまでは将来一緒になるものと思っていた恋仲の煙草屋の息子、録之助の、放蕩を重ねて落ちぶれ果てた姿だった。二人が夫婦《めおと》になっていたならば、恋が引き裂かれ自暴自棄になって録さんが身を持ち崩すこともなく、我が身も目いっぱい良人に愛されていたかもしれないのに。

言葉にならぬ阿関の思いは、一通りの身の上を話して恥じたのちはどこか薄ぼんやりとしてしまった録之助と、どんなに不幸とはいえ愛する子どもがいて、御大家に帰ってゆく自分との境涯《きょうがい》の差に辿り着く。傍目には、他人の不幸は分からない。只の車曳きと思っていたうちはそれこそ奥様然としてやる気のない車夫を叱っていた自分の言葉つきに、身形物腰に、もはや原田家の嫁となってしまった身の上を悟ったのであろう。過ぎ去った時は取り返しがつかない。父親に諭された時には、この身を焼き尽くすほどに自己犠牲の塊となって、母としての義務を果たさんとも思われた辛抱が、腑に落ちてただ肩を落とした女の運命となった瞬間である。

これほど美しい文章があるとは信じがたいほどだが、こんな女の悲しみが長らく積み重なってきた歴史の上にはじめて、有り余るほどの情感と描写力とが生まれたのである。この小説が閨秀小説（女流文学のこと）の一編として発表されたのは一八九五年（明治二十八年）の暮れであった。女の忍従の歴史は、どれほど美しくとも過去の思い出として閉じられるべき一頁であることが分かるだろう。

家庭という概念がイエと離れて半ば「女のもの」となったのは、戦後しばらくたってからのことだ。冠婚葬祭で、姉よりも上座に座っていた長男が長幼の序に従うようになったのもその頃であった。そして、妻に「半分」の相続遺留分が認められた一九八〇年に、わたしは生を享けている。わたしが五歳のとき、女性は男性と同等に雇用されるべきという考え方が法律になった。成人した年に介護保険制度が始まり、嫁たちが義父母の介護から一部解放される。さらに、離婚時の年金分割が認められるようになったのは、二十七歳のときであった。

　こうして、わたしの短い人生の軌跡だけを辿っても、日本社会は大きく変化したことが分かる。いずれの改革も保守政権の下、エリート官僚主導でこの国を先進国の標準に合わせるべく導入されたものであった。圧倒的な不正義と人権抑圧の状態が正され、フェミニズムが一九七〇年代までのリアルな熱を失った今では、人々は何を考えてよいのか次第に分からなくなっている。

　女性の高等教育と社会進出とが婚期を遅らせ、結果的に少子化に繋がっているという事実を指摘するためだけに、少数政党が極論を「例」として弄《もてあそ》ぶようになっている時代である。個人の幸せや自由な選択というものが最大の正義となりながらも、女は依然として人生で何を目指すべきか惑い、選択の結果としての労苦や後悔を引き受けて生きている。誰がどのような人生上の選択をしたのかが、大衆メディアやSNSで論《あげつら》われ、渦巻く個人的な不正義の感覚と嫉妬とが綯交《ないま》ぜとなって、自分と同じような不幸の感覚に相手を引きずり込もうとする。では何のために女性解放があり、親の介護からの解放があり、そして自己決定権が認められたのであろうか。明らかにその人たちのためなのである。

恋が終わったその先に待っているものは何だろうか。それは運不運によって、そして心の持ちようにもより様々であろう。政府は時に負担を減らしてはくれるが、「家族」を作り上げてはくれない。夫を浮気させないようにもしてくれないし、妻が自分を心から愛するようにも仕向けてはくれない。政府は健康のために定期健診を促し、観光施設を整備して森林浴やハイキングを勧めたりはしてくれるが、それを強制することもできない。

そのことが歯痒いがゆえに、リベラルは、こうもしようああもしようと規範的精神をもって地方や家庭、組織、個人に介入しようとするのだが、その結果がどうなったかは、今般のアメリカ社会を見れば一目瞭然である。「多様性の礼賛」や「女性の自己選択の権利」は、形を変えて保守的な政党に一部主張を飲み込まれ、中間的な有権者が選んだのは、家族の在りようだとか価値観については思い思いにやるから、そんなことよりも今の国民の暮らしぶりを何とかしてくれということだった。当然と言えば当然である。多数派にとっては、お上から押し付けられる「改革」よりも、身近なコミュニティや教会でどんな活動とか慈善バザーをやるかの方が大事なのだから。

女が男と同等の権利を手にし、様々なものが便利になり機能が社会化されたことによって、独りで生きていくことも、ワーキングマザーをやることも、離婚することも容易になった。その一方で、居場所を作り、人との絆を深め、人生の選択をする役目は自分自身にあることを、またそれが儘《まま》ならぬ人については周囲が面倒を看なければならないことに、もう少し思いを致さなければならないのかもしれない。

だから、昨今生じている女性の権利や家族の形をめぐる論点というのは、表向きには保守とリベラルが対峙しているように見えるが、その本質においては双方にとって切実な問題である、「家族」や「居場所」をどう実現するかという手段をめぐって争っているに過ぎない。その点においては、例えば同性婚や選択的夫婦別姓制度の導入なども、その動機の根幹にはどこか保守的な誘因があるものだ。

「剥き出しの個人」というのは概念としては存在するが、誰しも守りたい人がいる。家族の問題を、規範や道徳として考えようとするから対立する。極言すると、人々は規範のためには死ねない。『十三夜』で、阿関が己の心を殺して婚家に戻ったのは血の繋がった太郎のため、弟のため、父母のためである。いついかなるときも夫を立てて尊重すべき、という当時の社会規範と心中することを決意したのではない。

仮に、互いに愛し合い、己が先立った後の妻の暮らしぶりを心配する夫がいるのだとして、それと同じように、同性愛者にもそのつれあいに病床における己の最期の選択を託し、自分が先に逝っても万事滞りのないよう安楽に暮らさせてやりたいと思う人がいるだろう。

イエという概念がごく少数の伝統芸能であるとか、商売を家系図の下へ下へと相続していく人たち以外に意味を持たなくなった現代において、女性の実家回帰の流れがあることは不思議ではない。ちょうど何年か前に、選択的夫婦別姓制度の導入を推進する議連ができたのでそこで講演してほしいと言われ、賛成派の自民党議員を相手に講演した。そこでわたしが強調したのは、お墓と家の問題であった。

少子化で一人っ子が増えただけでなく、結婚年齢が上がったため女性も自分の生まれながらの姓にずっと馴染んでおり、その名前で家やお墓を相続できないことに違和感を覚えるようになってきている。家や墓などを大切に思っている子どもが男であるとは限らない。愛情を持ってそれらを残そうとする人が受け継がなければ、どこもかしこも古いものは廃れ、更地になってゆくだろう。実際に、選択的夫婦別姓推進論者の女性政治家が二世、三世であることは珍しくない。その場合は政治家という家業を継ぐわけだから、味噌蔵や酒屋と同様に、〇〇商店という看板は大事だ。

　実家回帰の流れは、個人主義的なリベラル化の要素ももちろんあるけれども、戦後のイエ制度の正式な取り壊しから何十年もたって、ようやくほんとうに残ったものの中から「実家《さと》」が拾い上げられ、志向された側面が大きいとわたしは思っている。家族、というとき、必ずしも行く末が確実ではない目の前の新郎よりも、実家の方が確かなものであるという実感があるからではなかろうか。

　誰もたった一人では生きられない。わたしにとってはお腹を痛めて産んだ我が子がまず大切であるし、実家の絆に支えられてそこへ回帰していく人にとって、故郷の墓のある風景を手放す気にならないのに男も女も変わりはないということだ。

家族からも切り離され、あるいは交流することを肯《がえ》んじ得ないような人々であった場合、人は他人に絆を求める。同好の士であったり、寒空の下肩を寄せ合うような関係であったり、あるいは到底友好的とはいえないような関係であっても、袖が擦れ合い、ときに暴力的な摩擦が生じることへの渇望があったりする。

駅中で他人にわざとぶつかったり、寂しさ故に暴言を吐き、注目を集めようとする人もいる。その怒りがなぜか外へ外へと向けられているのは、自分ひとりや内なる人間関係の中で満たされえぬものがあるからだ。頭の中に十分な夢想するための空間の広がりがないとき、家族や身近な人に思いを満たしてもらえないとき、己の鬱屈《うっくつ》を打ち破り、外へ蹴り出していこうとする衝動が生じる。たいていの若者はそうした思春期にありがちな周囲との不和を、社会に組み込まれそこに意義を見出すことで乗り越えてゆくものだが、それでもときに同じような衝動に駆られる大人もいるだろう。

人間には、人との絆と、ひとりだけの夢想する空間が両方とも必要だ。ファンタジーが素晴らしいのはそういうところだ。日常と非日常との往復は、その外郭さえ不明瞭な「個」というものを、より確かな存在として際立たせる効果がある。誰かの創り上げたファンタジーに浸り、その登場人物に自らを投影することで、他者の想いを自らのものとする。自らをそのキャラクターの内に失くしているようでいて、実は日常生活においては曖昧な個たる己の新鮮な心持ちを取り戻しているのである。

家庭の中における女性は、そこがあまりに濃密な「役割」を求める空気に満たされており、やらなければいけないことが詰まっていると感じるため、ひとりでいる時間や心の余裕を手にできないかもしれない。

さあ、お米を研がなくちゃ。蛇口の水をざあざあと出して手早く米を洗ったり、持ち物を持っているか出掛ける間際の子どもに確認したり、頼んだのに不注意で洗われていなかった風呂をごしごしと腹を立てながらスポンジで擦ったり、脊髄反射的なその動きの数々を止めて、居間の方から台所に向かって良く聴き取れない言葉を投げて寄越し、無意識にせよ自分を呼び立てようとする家族に一つ一つ反応することを止めて、忙しく夕食の準備をするのも止めて、ひとりであることに向き合う。

　女が思うほど実際に男は無力ではないし、庇護すべき対象でもないうえ、子どもも本当は幾つかになれば自分で何でもできるのであるから、全てに応じられないことをいちいち案ずる必要はないのである。己が望むときに常に受容されたいという欲求は弱さの表明であり、その弱さを周囲は気遣ってやることも必要だろうけれど、家族や絆が大事だからこそ、ひとりだけの空間を守っておくことにも意味がある。

　その物理的精神的空間を得てはじめて、女は客体でいることから抜け出し、己を見出して理解を深めてゆく。たったひとりの部屋をもつだけで、どれほど自由になることだろうか。本があり、映画があり、音楽があり、野山があり、海辺があることでどれだけの空間を頭の中に作り出せることだろう。そこにはいつも無限の時の広がりがあり、そして世界と同じだけの大きさの「私」という存在がいる。

十二、愛するということ

むかし或る人に、自分のことをやはり愛していないのか、と聞かれて答えに詰まったことがあった。ごく正直に言えば、わたしはその場の刹那の衝動と慈しみを除けば、愛するということが何なのか、しかとは分からないのである。愛する——きょうだいや子どもや親に対して覚える気持ちとは違う何かを、他人に持つということについて。

慈しみならば分かる。慈しみとは、他人の苦しみ悲しみを思いやり、それを和らげるとともに愉しい何かを与えることであり、仏教でいうところの「慈悲」の概念に近い。一般語で慈悲といえば、いかにも偉そうに聞こえるので用いるには注意が必要だが、本来の意味には上に立つ者から下へ恵むというような含意はないし、仏陀ではなく人間が実践する行いである以上、その本分は己自身が苦を捨て去り楽になることにある。

まだ十代だった頃に、京都へ旅行に行き、蓮華王院三十三間堂の千躰の千手観音立像を見に行ったことがあった。子どもの時分にはお寺を訪ねるにもまるで散策か何かのような気分で、ろくすっぽ味わうこともなく仏像の前を通り過ぎていたのとは違って、随分時間をかけてひとつひとつの観音像を眺めたのを覚えている。南北約百二十メートルに及ぶ仄冥《ほのぐら》く細長いご本堂に、千躰の観音像がずらりと並んでいる。人が観音様に安らぎを求めるのは、それが御仏の働きのうち慈悲を表すものだから。このお寺ではいずれも少しずつ面立ちの異なる観音像があることから、訪れる人はみな、自分や家族に似た顔があるかと期待してのことだろう、あちこちお堂の通路を行き来しては探している。だが、わたしは眺めているうち、次第に無数にある観音像の顔をしげしげと見ることよりも、「見られている観音菩薩」という考えが頭から離れなくなった。

その思いは、他の寺を訪れ、博物館の所蔵品を見る中でもわたしに付き纏った。希代の彫師が魂を込めたであろう観音像の面立ちが、いかにはっとするほど美しくリアルなものであったとしても、彫り付けられた瞬間唇に止まったままの微笑は、寧ろそれに救いを求めてきた無数の人々から繰り出されてきた視線と願いの重みを感じさせる。したが、観音像の纏う天衣《てんえ》がひらりと緩やかな動きを描いて虚空を切っているのは、まるで、そこにあるのに目に見えぬ軽やかな風にたなびいているかのようでもある。拝む者たちそれぞれの現世《うつしよ》にとどまらぬその風は、時空を超えた万物の繋がりを示しているのでもあろうか。

この世の終わりまで、衆生《しゅじょう》に観られ続けたまま、ただ静止する受動性。そんな風に観音像を捉えるようになったある時、見ていて不思議な感覚に襲われた。相変わらず観音像は静止しているが、動いてもいるのである。その感覚は、観音像の内側へ向けて穿《うが》たれた穴から水が入ってさあさあと落ちてゆくのを見るような、そんな錯覚へとわたしを導いた。滝に落ちる水は常にとどまるところを知らないが、水は流転しても滝そのものは形を変えずそこにある。

その時は、ただそのような感覚や水が流れ落ちてゆくイメージをふと抱いただけであり、殊更人間の人生に事寄せて考えたというわけではない。だが、あとから思えばこのとき、どのような外的存在が介在し通り過ぎようとも、己の中に全ての答えがあるということを理解したのではないか。独善を好むというのではない。寧ろ、裡に閉じ籠らず自らを外に開放しきったとしても、この感覚の延長線上を辿りさえすれば、きっと何事にもたじろぐ必要のない構えを見出すだろうという予感のようなものだった。

ひとりの人間が真にたじろがない心境に近づくとき、それはもう構えですらなくなるのかもしれない。それこそが寂滅《じゃくめつ》ということなのだろうから。

ちいさい頃のわたしは神経が過敏で、弱虫だった。登下校路にお化けが出ないか恐ろしくて恐ろしくて、よく後ろをぱっと振り返ったりしたものだ。古い日本家屋でお手洗いに行くときなどは昼間であっても恐怖でしかなく、裸電球の下、黒ずんだ板張りの床のきしむ音に怯えた。廊下の先にはきっと幽霊が出ると思っていたからである。

そんな子どもであったわたしが、きっと強い人間に違いないと多くの人に思われる日が来るだろうとは思わなかった。けれども、考えてみればそれは強いというイメージの方が誤っているのかもしれない。一見、強いと見えることは、鋼のように分かりやすい強靭さではなく、通り過ぎていく物事を受け入れる能力でしかないのかもしれないのだから。

娘曰く、母であるわたしは複雑な矛盾する要素がそれぞれ別個に存在するのではなく溶け合って存在しているのだそうだ。臆病さも勇敢さも、無邪気さも諦めも、獰猛さもいたいけなところも。面白い表現だと思った。

所謂鋼のように強い信念の人。自分は常に戦っていると思う人間は、途中で自らを疑ったりしないのだろう。傍から見ると、若《も》し間違っていた場合のシナリオは検討せず、自らの正義のためには付随的被害を厭わないようにも見える。戦いが全てだからである。

反対に、自らを疑うという姿勢は、向き合う相手や世間というものに対しても常に「合理的な疑いの余地を残す」ことに繫がる。これは日常語でいうとネガティブな意味にしか取れないが、法的な専門用語から派生して、相手に不利なことだけで判断せず、他の可能性を常に探るという意味合いになる。要は、限られた知識や仮説だけで決めつけないということ。

フェアな人間であるというのは、一貫性の原則と心中するためにどんなことでもするというのではなくて、どんな相手にも合理的な疑いの余地を残しておいてあげるということなのである。自分がどう振舞おうとも、他人は裏切るものだし、人間は己の損得や痛みばかりを考えているものだ。だからどうということはない。そこからが人間付き合いのスタートである。

もちろん、わたしにだって人の好き嫌いはあるし、愛されるうえでは多くのことを期待してしまうのもまた事実である。しかし、愛してくれる人の「狡さ」や欠点ばかり見抜いて何になろう。一度愛すると決めたならば、その人と別れたとしても、いつまでも思い遣り続けるというのがわたしの習い性であって、またおそらくそれゆえなのだろう、多くの人に大切にしてもらってきた軌跡の積み重ねが、その娘のいう無邪気さと諦めの奇妙な同居となって人格に跡をとどめている。

己が生きる構えはこうなるだろう、という若かりし日のぼんやりとした予感は、時を刻んで自己成就していった。客観性と主体性の同居といったらよいのだろうか。世に生きていれば、儘ならぬことばかり多い。それをそれとして客観的に受け止めつつ、主体的であろうとするという生き方である。主体的に生きようとするたび己自身の限界を悟り、それでもなおかつ一個の人間として、生きていることの神秘に驚かされる。われわれがみな、偏《ひとえ》に風の前の塵に同じであるという言葉が、教訓ではなく段々と安らぎのようなものとして捉えられるようになっていく。それが歳を取るということなのかもしれない。

人は生の苦しみの中で自我を彫り出し、人格を陶冶《とうや》する。望み、執着し、別れ、憎み、恨み、許し、その苦しみが最終的に己を離れた自然の中に安らぐまで。己を持ち、なおかつ己を捨てて無になることの矛盾の中にしか存在しない安らぎは、神なき民である日本のわたしにとっての救いであり、そこにしか苦しみからの離脱の方法を求めたいとは思わない。

慈しみとは、わたしにとってそのような己の存在と同様に、苦を持つ他者を意識することにより生じる心であって、苦しみを受容し和らげ、楽を共にするためのものなのである。それは単にやさしさと理解であって愛ではないというのであれば、そうなのかもしれない。

これまでに述べてきた慈悲の観点に照らして見たときの所謂男女の愛は、もう少し煩悩に満ちたものであるだろう。男女の愛は受動よりも選択である。この人を愛するという意識的な選択であると同時に、譲歩や欺瞞も随伴する。その人と一緒にいることによって顔を出す、ひとりでいる時とはまた別の「自分」というものを肯定し、期待を寄せ、励まし、育て、分別を説き、そして縋《すが》る。そういった類のものが愛であるとわたしには見える。現世の命を燃やす意義を他者との関係性にあえて見出す行為とでもいえようか。

愛とは――必然でも何でもないものを、まるで以前から欲していたかのように過去を修正して自らを導く航路であり、無事にその船が港に入るのを見届けつつ、明かりを絶やさぬようそこにランプを掲げておく習慣である。相手を思い、気に懸ける己の行為の積み重ねが愛というものになる。愛は選択であるのに必然であるという表明を我々に迫る。愛こそは他の欲望とは異なる次元で己の存在を証明してくれるものだからである。

愛することのできる人が立派な人間とは限らない。人間が自分自身の狭さを知れば知るほど多く喜捨《きしゃ》をするように、その分多めに愛情が投げかけられることもある。それを知りつつ喜捨を受け取る行為もまた、愛することへの希望を受け取るのを拒まず、それに期待してみせるという意味において、欺瞞的態度なのかもしれない。

人を愛さないのに、愛させる能力に長けた人間というのも存在する。時折、どうしてこんな人が多くの人の心を掴めたのか、と思われるようなニュースを目にすることがあるだろう。そうした人々は、その他の能力や容姿がどんなに平凡あるいは劣っていたとしても、運命や必然といったものを信じさせる飛び抜けた能力を持っているのだろう。人々の根源的な願望であるところの孤独から救われる運命を、今ここで掴みかけているのだと納得させることができる人物である。そうした欺瞞的能力を所構わず悪用すれば、時に大きな悲劇が起きる。

人々の愛する姿を眺めてきて思うことは、人は愛し方をよく知らないのに愛さずにはいられないということである。それはなぜだろうか。これまで、愛への渇望は人間の根源的な孤独から生じるということを、形を変えながら繰り返し述べてきた。愛への渇望は、壮大な叙事詩のような愛の「物語」を生み、駆け引きで自らを偽装して愛させるための数々の指南書を世に量産させ、また修養のように教訓めかした書物を紐解かせる。こう生きよ、こう愛せよ――。それは愛がおそらく相手についてではなく、自らについて語り、理解するプロセスだからである。

エーリッヒ・フロムは著書『愛するということ』で、愛について経験主義的に多くの重要なことを語ったが、なぜか「報われぬ真の愛」というものが存在する可能性を退けている。彼にとって、愛することは「信念」の領域の問題だからである。自らの弛みなく愛する姿勢によって、他者にも真の愛を呼び覚まし、相互に深いところで結びつくことができるという信念。この本の原題がThe Art of Loving（愛の技法）であることは見逃せない。つまり、フロムは愛という概念を様々に分類して例を挙げながら論じつつも、本質的には「愛し方」について語っているわけである。

彼のいう愛する能力を纏めると、以下のようである。客観的かつ理性的であり、個として自立している人間が、外界へ向かって自らを開き、その働きかけが生産的な行為でありうるということを強く信じる。愛が可能であることと、つまりパートナー同士がより深いところで繋がり合えるということを信じ、真摯に、能動的に、利他的に生きようとする。——その結論自体には何の異論もないのだが、それはやはり「人を愛し世界の可能性を信じる私」という生き方に過ぎない。素晴らしい人間像、伴侶像はあるものの、生き方の助言と大して変わるところはないのである。

愛の衝動があることを認めたうえで、自由な個人同士の理知の働きによって愛を高次元のものに高めていこうとする考え方は、やはり西洋近代主義に属している。フロムは、単なる功利主義でも夫婦間のロールプレイでもなく、より深い精神生活において愛を実践せよと説いている。それは、「自由」が与えられた後の人間が一体何を望むかという点において、人々を決して手放しで信頼することができなかったユダヤ系難民のフロムだからこその視点だろう。

そうした態度は、やはりどうしてもキリスト教・ユダヤ教的なものにならざるを得ない。こうした考えが素晴らしい魅力を持っていることはもちろん認めるが、その非常に合目的的で倫理的な行動の発露が「愛」なのかといえば、それもどこか納得のいかないところがある。

愛とは、己が生きることへの渇望そのものを転化させた欲求ではないだろうか。愛が執着に転じがちであるのは、それが聖なるものではなく渇望だからである。愛したいという衝動は、己が生きたいという渇望を通じて自己愛と関わっている。であるとするならば、愛とは果たして利己主義なのかという疑問が出来《しゅったい》するだろう。答えはＹｅｓでもありＮｏでもある。愛とは限りなく己のためのものでありながら、なおかつ自らに善きものを見出そうとし、世界の可能性を信じようとする希望だからだ。徹頭徹尾、己に即していながらも、その器を広げて外に我と我が身を開く行為でもある。愛は、現世に属する喜び苦しみの象徴の一つである。

自分を愛することができるのかどうか。そのギリギリのところに立ちながら、人は他者を愛することができるか否かを悩む。その問いは、この人に己を認めさせられるか否かということでもあろうし、この人に己を委ねられるか否かという問いでもある。だが、その答えが仮に「然り」であったとしても、愛は死にまで打ち勝つことはない。死とは人が生の喜びや苦しみから解き放たれ、滅することだからである。傍らに死の匂いを嗅ぎながら、人は苦しみの中で生を輝かせようとし、愛する。つまるところ、人は死ぬからこそ愛するのである。

初めの問いかけに戻ろう。わたしはその時、その人を愛していたのか、という問いである。幼い頃から死を意識する人間であったという観点に照らせば、それは生を燃やそうとする愛であったといってよいのかもしれない。だが、わたしの性格における根源的な客観性に照らして考えれば、やはり慈しみであったのかもしれない。

誰かに身を委ねられるということ、誰かの生きる希望であるというのは、それはそれで大変なことである。祈ることは簡単でも、祈りの対象であることは難しいように。恋の駆け引きを永遠に愉しめるほどにまでわたしは主観的な人間ではないし、根が案外真面目なのだと思う。だから、どこまでいっても利那の衝動を除けば、受動的な愛と慈しみしか与えられない人間なのだろう。

誰かを好きでいる気持ちは持っていたいと思う。けれども恋愛は年々難しくなる。多くの浮き浮きとした恋愛には、人を見通す力などない方が良い。わたしを、能天気なのが強みだと褒めた友人がいた。彼らしい独特な言い回しだが、言葉を換えれば現実世界から遊離しているということだろう。だが、わたしにはわたしの悩みがあり、苦楽がある。それが他人とは少し違う並び方をしているということに過ぎない。

恋愛の喜びが理知の欲求に優ることは、その刹那にしかなかった。もちろん愛のある人生は素敵なものだ。ただ、ごく何でもないもの、焼き立てのパン、街角の珈琲の匂い、雨上がりのグラウンドに差し込む光、今年初めての霜を踏んだ音、雪の結晶に覆われたまだ赤い紅葉、ランドセルを背負って元気にバスに乗り込んでくる子どもたちの一団、そうしたものが幸せだといえるのは、偏にわたしの中に全ての世界があり、そして世界がわたしを通り過ぎてゆくからである。

幸せは、生きることの根源的な悲しみを打ち消してはくれない。けれども、そこに癒しを与えてくれるものである。他者に身を委ねて精神がぼうっとするだけの束の間の幸せでも構わないし、しみじみとした美しさや味わいもまたよい。生を輝かせるものは何であれ、わたしたちを幸せに導く。そう考えると、人を愛するということは、その愛自体が移ろっていったとしても、潮の満ち引きのように地表を撫でていく終わりなき律動であって、生きている限り孤独に回り続ける地球を見守る月がそこに寄り添っている証なのだろう。

おわりに

四十を超えたら自分の顔に責任を持てという。その人の人格が顔に表れるということなのだろう。顔だけでなく、暮らしにせよ、言葉つきにせよ、生きてきた道程の証はそのまま出てしまう。そういう意味においては、人は皆、自分を晒け出して生きているのだから、自分のことについて書くのに躊躇《ためら》いはない。ただ、言葉は大事にしたいと思っている。一言でいえる物事なんぞ世の中には存在しないし、ましてや愛について、男と女のあいだに横たわる海溝について書こうとするならば猶更である。

人間という存在は非常に複雑で面白い。その複雑性をネットの中毒性に当てられた現代人はどうも忘れてしまったと見え、一呼吸も置くことなくこの人はこういう人間だという結論を出したりする。しかし、ネットや画面上で寸断された情報からは見えないその人の横顔というものが、話していたりすると、その人となりを知るにつれ立ち上がってくる。

人柄の良し悪しの問題ではないのである。他人の不幸を願ってしまうような、巨大な負の感情に襲われている人間が悪人とも限らないし、表でとかく正論をいう人の顔つきが本当に正直そうである、とは限らない。権力欲を振り回してしまうだとか、妬みを抑えきれないとか、そういう負の感情に襲われることは、生身の人間である以上なかなか避けられないのであって、その人の本質がそこに宿っているわけではない。他人のいいところだけを見る、というのは些か理想論に過ぎるので、その人の負の側面によって予断を持ち過ぎない、という程度が丁度いいのだろう。

人と付き合うコツは、その人のちいさい時の面影を掴むことである。若い時でもいい。田んぼのあぜ道を自転車で走っていって後ろの妹を落っことしたのに気づかぬまま帰ってしまったり、他人の家のブロック塀に向かって野球ボールを投げて遊んで叱られたり、山で筍を大量に掘ってきて凱旋したり、そんな面影を掴んでしまうと、その人の表層的な言動からは見抜けない魂の部分に思いが至る。欠点が見えなくなるというのではないが、枝葉ではない部分がちゃんと見えるということだ。海溝を挟んだ向こうにいる男性たちも、そうした本質の抽出においては女であるわたしと変わりがない。

そういうことでいくと、元夫も、彼の魂はいつも変わらずそこにある。生き方についての考えが違うのは他人だから当たり前のことで、子どもの親として、友人としての関係への移行は寧ろ自然な変化であると感じる。言うなれば、「夫婦」という制度的なハコ自体が人工的なものであり、その実態は各々がせめぎ合う感情の中で何とか頑張って成立させるものに過ぎない。

自分とは違う考えや哲学で生きている人であることを許し、様々なことを互いに水に流し、力になること。その点においては、わたしも今回の一連の騒動を経てだいぶ成長したのだと思う。ただ、男女は別個人である以上、そこには何をどこまでやるべきかという一線がある。親離れ、子離れというものがあるように、血を分けた肉親でさえ、大人になれば始終一緒にいたり何もかも打ち明けて話したりするわけではない。子育てにおいて、見守るという動作と、先に立ってあれこれやるという動作が違うように、男と女のあいだの関係性においても様々な距離感というものがあるだろう。大多数の男性はどうしても母性を求めがちなので、その「求め」のうちの少なくとも幾許《いくばく》かを拒絶・否定しなければ、己を中心におく姿勢からその人が変わる契機がない。

何にせよ、人間は互いに触れ合い、支え合って生きていく社会的動物なので、他愛もない話をしたり、何かがあったら頼れる人がいるというのはその後の人生を明るくするだろう。そういう意味で、彼のことは見守り続けたいと思っている。

しかしこう書いてくると、他人のことばかりで、お前自身は一体何を望んでいるのだ、と聞かれそうである。ただ、これは「観察者」として生きる人間の宿命なのだが、どうしても自分自身の人生については経路依存的になってしまう傾向にあることは否めない。そのうえ、わたしの場合は己の人格と表現者であることとが渾然一体となっていて、その二つをなかなか分別できない。研究者に徹する人生を送れなかったのも、一つにはそれゆえだろう。わたしにとっては、戦争やクーデターについて分析することも、外国の政治家の権力行使スタイルの意図を読み解くことも、永田町における人情の機微を具に見て取ることも、愛するということについて書くことも、畢竟《ひっきょう》、同じ地平にあるからである。

なぜ同じ地平にあるかというと、何《いず》れも人間のやることだから。人間同士で交わされる感情と行動によるダイナミズムこそが面白く、興味を惹きつけて已まない。

だから、わたし自身はと言えば、あまり手加減をし過ぎずに何かに心を傾ける人生を送りたいと思う。何にせよ心を傾けて生きなければ、観察者であること自体にも飽いてしまうだろうから。

生きようと思った日々のことを思い返してみると、それは誰かを好きであるとか、誰かが悲しむからという大きなことよりも、一日、一日の取るに足らないことを待ち望むことができたからだと思う。少し前のことになるが、或る媒体から取材があって、いじめや孤立に悩んだりする若者に向けて、何かメッセージを下さいと言われたことがあった。わたしは、自分が置かれた苦しい世界がこれから先ずっと続くわけではないということや、内面の世界を自由に構築してほしいということを伝えた。生きる意味はないと思う日もあるかもしれないけれど、今日はコンビニのあの店員さんに優しくできたり、お昼に食べたあんぱんが美味しかった、というような、何か一つ他愛もないよいことがあればいいと。

自分を愛せるようになるまで、他人を愛することは難しい。だからまずは自分を愛するために一つひとつのよいことを待ち望んでみたり、何か夢中になれること、心地良さや安らぎを求めるのが悪くない道ではなかろうか。そのうえで他人と向き合うとき、従前よりも感謝の気持ちが大きくなっていることに気がつく。そうすると、その場の触れ合いに「楽」を求め、束の間互いの「苦」を忘れる人生が送れるようになる。

わたしの生活を支えたのは朝ごはんだった。朝ごはんを大切にする人と、朝はあまり食べたくないという人がいるが、わたしは圧倒的に前者である。冬は温かく、生姜や根菜や様々なお出汁を使ってスープを。夏は活力の出るもので、チーズとミートソースを挟んだホットサンドや、あるいは焼き鮭にさっぱりとした胡瓜のお漬物、おみおつけ。食べ方で子どもの調子も分かるし、そうやって美味しいものを期待されていることも張りになる。案外、そんな何気ない決まりきった習慣に人は救われるものである。友人と食卓を囲むのもいい。若い頃は張り切って品数を多く準備したものだが、近頃はそうでもなくて、レパートリーも既に定着したものが多い。それでも、四季折々に人をもてなし、旬を食することに心を砕きながら時が過ぎていくのは、季節感のあるこの国の素晴らしさでもある。

わたしのようにただ事物の観察に終始し、どこかへ到達することが目的でない人生を腑甲斐ないものと思う人もいるだろう。それは、人を巻き込み、巻き添えにしてなお勢いよく転がっていく人生の方がいいという価値観に基づいた、「動く人」の発想である。しかし、人生の味わいは、よく噛んで噛みしめるほどに、あちこちから眺めてその手触りを確かめ、言葉に紡いで舌の上で転がすほどに、増していくものだ。

わたしは目を開け立ち止まったまま、事物を見つめ続けている。傍目には揺らがないと見えるから、敬遠される。ただ、わたしは別に揺らがないのではなく、目を開けているだけなのだ。成程、生身の人間というものは力で打ち壊すこともできようし、生きている以上は寿命が来れば死んでいくだろう。けれども、淵に立ってなお目を開けていることこそ、真に世界と繋がりを持つということなのである。

本書は、ＷＥＢザテレビジョンにて２０２４年７月～２０２５年１月に掲載された連載を改稿して書籍化したものです。

撮影＋ブックデザイン　鈴木成一デザイン室
組版　キャップス
校閲　鷗来堂
編集　立原亜矢子（株式会社ＫＡＤＯＫＡＷＡ）

三浦瑠麗《みうら・るり》

1980年、神奈川県茅ヶ崎市生まれ。山猫総合研究所代表。東京大学農学部卒業後、同公共政策大学院及び同大学院法学政治学研究科修了。博士(法学)。東京大学政策ビジョン研究センター講師などを経て現職。主著に『シビリアンの戦争』『21世紀の戦争と平和』『孤独の意味も、女であることの味わいも』などがある。2017(平成29)年、正論新風賞受賞。

ひとりになること

2025年4月3日　第1刷発行

著者　三浦瑠麗
発行者　山下直久
発行　株式会社KADOKAWA
〒102-8177 東京都千代田区富士見2-13-3
電話0570-002-301(ナビダイヤル)
印刷・製本　TOPPANクロレ株式会社

●お問い合わせ
https://www.kadokawa.co.jp/ (「お問い合わせ」へお進みください)
※内容によっては、お答えできない場合があります。
※サポートは日本国内のみとさせていただきます。
※Japanese text only

定価はカバーに表示してあります。

ISBN978-4-04-115948-4　C0095